Tim H. Rose

Verheiratet aus Rache

Lustspiel in 3 Akten

Tim H. Rose

Verheiratet aus Rache
Lustspiel in 3 Akten

ISBN/EAN: 9783743314375

Hergestellt in Europa, USA, Kanada, Australien, Japan

Cover: Foto ©Andreas Hilbeck / pixelio.de

Manufactured and distributed by brebook publishing software (www.brebook.com)

Tim H. Rose

Verheiratet aus Rache

L. W. Both's

Bühnen-Repertoir des In- und Auslandes.

N°· 286.

Verheirathet aus Rache.

Lustspiel in 3 Akten.

Preis: 12½ Sgr.

Berlin.
Druck und Verlag von A. W. Hayn's Erben.
(C. Hayn, Hof-Buchdrucker.)
1874.

L. W. Both's Bühnen-Repertoir

begann mit der No. 161. seinen einundzwanzigsten Band in einem neuen, leichter zu handhabenden Formate und in deutscher Schrift. Vielfach an uns ergangene Wünsche haben uns veranlaßt, dem alten, seit Jahren gern gesehenen Bekannten der deutschen Theaterwelt, welcher nach wie vor unter dem Namen „Both's Bühnen-Repertoir" erscheint, dieses neue Kleid anzuziehen, und wir hoffen, daß er allen Theaterfreunden darin auf's Neue willkommen sein wird. Das frühere Format war nach dem Muster des damals in Frankreich für Theaterstücke beliebten gewählt; aber auch dort ist man in letzter Zeit von jenem großen Formate abgegangen und hat dafür ein handlicheres Octav eingeführt, wie dies z. B. bei der von Michel Lévy frères in Paris gegründeten „Bibliothèque dramatique" der Fall ist, welche gegenwärtig den beliebtesten Sammelplatz für die Bühnendichter Frankreichs bildet. — Die zeitgemäße Veränderung, welche mit der Form des Werkes vorgenommen worden, wird sich daher als eine Verbesserung bewähren.

Durch den Gewinn neuer bühnenkundiger Mitarbeiter sind wir in den Stand gesetzt, der deutschen Theaterwelt künftig alle für die deutschen Bühnen brauchbaren Stücke des Auslandes in sorgsamer Uebertragung und in kürzester Frist zu überliefern. Ein Blick auf den Inhalt der letzten Bände lehrt, daß dieselben in der That nur solche Stücke gebracht, welche die Feuerprobe der Darstellung auch auf deutschen Bühnen mit Glück bestanden haben, und die Aufführbarkeit der Stücke wird auch für die Folge der leitende Gedanke dieses, zunächst der praktischen Theaterwelt gewidmeten Unternehmens bleiben.

Aber nicht nur den Theater-Bibliotheken, sondern auch den Leih-Bibliotheken dürfte „Both's Bühnen-Repertoir" in dieser neuen deutschen Form doppelt erwünscht kommen. Das Format desselben stimmt nunmehr zu demjenigen, welches in den

L. W. Buth's
Bühnen-Repertoir des In- und Auslandes.
No. 286.

Verheirathet aus Rache.

Personen.

Montravert.

Chamillon.

Marfitta.

Josephine, Mädchen bei Montravert.

Scene: Paris.

Erster Akt.

Eleganter Salon. Thür im Hintergrund. — Seitenthüren in der zweiten Coulisse. — Links, in der dritten Coulisse, ein Fenster. — Im Vordergrund links ein Sopha. — Rechts und links kleine Ständer, Armsessel, Stühle und Claviersessel. — Rechts in der ersten Coulisse ein Piano. Links auf dem kleinen Ständer liegt ein Bällchen mit Seife und ein Rasirmesser. — Ueber dem Ständer hängt ein Spiegel. — Rechts von demselben eine Uhr.

Scene 1.

Montravert (allein).

(Er kommt aus der Thür links, im Morgenanzug, einen Wasserkessel und eine Serviette in der Hand, rufend.) Josephine! Ich habe wie ein Bär geschlafen — (Nach der Uhr sehend.) Schon zehn Uhr, und noch nicht rasirt. — (Rufend.) Josephine! Ach, ist das Mädchen langsam! (Fortfahrend.) Mir träumte . . . nein, es ist zu dumm . . . . mir träumte, ich angelte, plötzlich stand ich einem Landhaus gegenüber, das mit grünen Fensterläden versehen, vor demselben ein kleines Gewässer — das wäre so meine Lust . . . . und sobald ich meine Tochter verheirathet habe . . . (Rufend). Josephine! (Geht an die Thür im Hintergrunde und ruft.) Josephine . . . . Joseph.

Scene 2.

Josephine. Montravert.

Josephine (tritt durch den Hintergrund ein). Da bin ich ja schon . . . .
Montravert. Hast Du mich denn nicht rufen hören?
Josephine. Gewiß, Sie riefen ja vier Mal.
Montravert. Und weshalb kamst Du nicht gleich?
Josephine. Ich war beim frühstücken . . . und Sie werden doch Ihre Leute darin nicht beschränken wollen?
Montravert. Nein, gewiß nicht.
Josephine. Auch weiß ich ja, daß der Herr ruhig und geduldig ist . . . also . . . . .

Montravert. Mißbrauchst Du meine Güte.

Josephine. O nein, wenn es sein müßte, so ginge ich für Sie durch's Feuer.

Montravert. Dabei fällt mir ein.... hier mache diesen Kessel heiß, ich will mich rasiren. (Er giebt ihr denselben.)

Josephine. In einer Viertelstunde sollen Sie das Wasser haben. (Sie geht zurück.)

Montravert. Ach, Josephine!....

Josephine (kommt wieder vor). Bitte, nicht zwei Sachen auf einmal, das verwirrt mich....

Montravert (bei Seite). Ein Pracht-Exemplar von Mädchen, (laut). Sage mal, heut' herrscht hier eine ungeheure Ruhe... sollte meine Tochter Markitta krank sein?

Josephine. Nein... aber Fräulein ging heute Morgen schon aus

Montravert. Ach, so! (Er setzt sich auf's Sopha.)

Josephine. Sie versteht sich prächtig darauf, Lärm zu machen. Und das ist eben das Komische, daß Sie, so sanft, so ruhig, der Vater einer Tochter sind, die.....

Montravert. So wüthend ist... sprich es nur aus das Wort....

Josephine. Ja, so wüthend, so entsetzlich heftig...

Montravert. Was willst Du? Die Natur hat ihre Eigenthümlichkeit.. Josephine, ich lebte nicht immer von meinen Zinsen....

Josephine (ihn mit den Augen messend). Das glaube ich...

Montravert. Ich war Strumpfband=Fabrikant.

Josephine. Sieh, sieh!

Montravert. Mein Laden befand sich rue des Deux-Ecus ...... ich hatte wenig Zuspruch, deshalb kam mir der Gedanke, nach Mexiko zu übersiedeln, weil in einem so heißen Lande, wie begreiflich, die Waden viel mehr zur Geltung kommen..... kurzum ich errichtete ein Geschäft in Mexiko und hatte bald die ganze schöne Welt, die schönsten Füße zu meiner Kundschaft... bei den kurzen Röcken.

Josephine. Blühte Ihr Geschäft.

Montravert. Höre nur.... eines Tages kam eine Dame zu mir mit zwei reizenden Füßchen...... diese machten einen tiefen Eindruck auf mich.... einige Zeit darauf heirathete ich....

Josephine. Die Besitzerin der schönen Füße.

Montravert. Richtig. Sie hieß Doloris . . . Sieben Monate später hatte ich eine Tochter.
Josephine. Wie? Schon nach sieben Monaten?
Montravert. Du mußt wissen, die Vegetation in jenem Lande ist weiter vorgeschritten, das mag Dir auch den ungeduldigen Charakter meiner Tochter erklären, meine Markitta konnte schon damals die richtige Zeit nicht erwarten . . . .
Josephine. Dann wundere ich mich nicht mehr.
Montravert. Auf diese Weise, Josephine, wurde ich der Vater einer Mexikanerin.
Josephine. Jetzt begreife ich auch die Verschiedenheit Ihrer beiden Charaktere.
Montravert. Der Himmel Mexikos . . . die Sitten dieses glühenden Klimas. In den Adern meiner Tochter rollt zwar mein Blut, aber es ist heißer, stürmischer.
Josephine. Das will ich meinen.
Montravert. Vor einem Jahr ungefähr verkaufte ich drüben, und kam nach Paris zurück. . . . Ich war reich . . . . großes Glück . . . . Wittwer . . . . noch größeres Gl . . . na zu Dir kann ich es ja sagen, noch größeres Glück.
Josephine. Wie? Ihre Ehe war nicht glücklich?
Montravert. O doch! Frau Montravert war nur etwas zu feurig, zu schnell in ihren Gefühlen . . . mich nannte sie einen weichlichen Menschen . . . .
Josephine. Ich bitte Sie . . . .
Montravert. Leider hatte sie recht . . . ich kenne mich und meine große Schwachheit; selbst heute noch, meiner Tochter gegenüber, die durchaus diesen Spitzbuben, diesen Theodor heirathen will.
Josephine. Ach was, mit dem bloßen Willen ist's doch nicht gethan.
Montravert. Ja, aber sie will ihn mit Heftigkeit, und ich will ihn nicht . . . . leider bin ich der Schwache, sie die Starke, und deshalb wird sie ihn heirathen. Ich sehe es voraus. Gerade so war meine Frau, sagte ich „nein", sagte sie „ja", zuletzt antwortete ich gar nicht mehr.
Josephine. Auf diese Art waren Sie stets einig?
Montravert. Ja wohl. (Lärm von außen.)
Josephine (tritt an's Fenster). Nun, was ist nur?
Montravert (ist gleichfalls an's Fenster getreten). Ein Zusammenstoß von Wagen.

Josephine. Nein, es ist ein Streit; ach, wie viel Menschen sich gleich vor der Thür versammeln.

Montravert. Vor unserer Thür?

Josephine. Ja wohl. Soll ich mal hören, was vorgeht?

Montravert. Unnöthig. Wärme lieber das Wasser.

Scene 3.
Die Vorigen. Markitta.

(Die Thür im Hintergrund wird aufgerissen, Markitta tritt schnell ein und geht heftig auf und ab.)

Montravert. Wie, Du bist es?

Markitta. Ja, ich! Guten Tag.

Montravert. Was ist Dir denn?

Markitta. Ich bin wüthend. (Sie geht nach rechts.)

Montravert. Wo kommst Du her? Was hast Du gethan?

Markitta. Ich gab soeben einem Herrn eine Ohrfeige!

Montravert. Schöne Beschäftigung.

Markitta. Es war ein Unverschämter.

Montravert. Einbildung von Dir. . . .

Markitta. Stelle Dir vor . . . . ein grober Mensch erlaubt sich mir in's Gesicht zu sagen, mein Fräulein, Sie sind reizend.

Montravert. Also deswegen? Was hättest Du denn mit ihm gemacht, wenn er Dich häßlich gefunden?

Markitta. O Papa, Du hast dabei noch kaltes Blut, wenn man mich beleidigt; nun diesen Herrn, hoffe ich, habe ich gründlich geheilt, der wird sich nicht wieder versucht fühlen . . . .

Montravert. Dich reizend zu finden? Diese Artigkeit wird seine Meinung wohl herabgesetzt haben. (Zu Josephine.) Was thust Du denn da? Wo ist mein heißes Wasser?

Josephine. Gleich, gleich! (bei Seite.) Das Fräulein ist zu komisch. (Ab durch den Hintergrund.)

Scene 4.
Montravert. Markitta. Zuletzt Josephine.

Markitta (die Hut und Shawl abgelegt, setzt sich an's Piano und singt.) La, la, la!

Montravert (bei Seite). Welche Inkonsequenz... jetzt kann sie schon wieder singen....

Markitta (singt). Sie seufzten alle Beide im Frühling des Lebens....
Lasset ein Nest uns bauen im Gehölz....

Montravert. Was singst Du da?

Markitta. Eine neue Romanze, mein Vater... sie ist sehr hübsch, betitelt: „Das Nest im Gehölz."

Montravert. Ich würde den Bann vorgezogen haben. In der Regel lieben die Vögel...

Markitta. Hier ist ja gar keine Rede von Vögeln.

Montravert. Also nicht? Wovon denn?

Markitta. Hier ist ein junges Mädchen und ein Jüngling gemeint....

Montravert (nimmt schnell die Noten). Ach so! (Bei Seite.) Und das nennt der Componist ein Nest.

Markitta. Du nimmst mir ja die Noten fort?

Montravert. Zum Ueben gebe ich sie Dir wieder... heute Abend... wenn ich einschlafen will (Bei Seite.) Da soll man den Töchtern wohl Musik-Unterricht geben lassen.

Josephine (tritt durch den Hintergrund ein). So, hier ist das warme Wasser (sie giebt ihm den Theekessel).

Montravert. Gut, ich gehe auf mein Zimmer. (Sich einseifend.) Aber nein, ich kann ja eben so gut hier im Beisein meiner Tochter.... Markitta, hübsch ruhig.... (Er ordnet die Toilettengegenstände, und steckt den Pinsel in den kleinen Napf.)

Markitta (zu Josephine). Ist kein Brief aus Brüssel an mich gekommen?

Josephine. Nein, Fräulein! Der Briefträger ging schon lange vorüber. (Ab durch den Hintergrund.)

Markitta (zu sich selbst). Sonderbar! Schon seit drei Tagen ist Theodor fort, und noch immer keine Nachricht von ihm. Wenn ich nicht so ruhig über ihn, über seine Liebe sein könnte, so.... wenn ihm nur nichts passirt, jetzt bei den vielen Eisenbahn-Unfällen. (Geht schnell zu ihrem Vater, der ihr den Rücken zudreht und sich rasirt — sehr laut.) Mein Vater.

Montravert. Nun? Was ist? Wie leicht hätte ich mich schneiden können....

Markitta. Findest Du es natürlich?

Montravert. Was denn?

Marfitta. Daß er mir seit drei Tagen nicht schreibt.

Montravert. Ach, Theodor? (Bei Seite.) Mir sehr gleichgültig. (Laut.) Da er seiner Papiere wegen nach Brüssel ging, mußt Du ihm Zeit lassen. (Er fängt wieder an zu rasiren.)

Marfitta (hin und her gehend). Zeit . . . Zeit! Ich verlange ja auch nicht, daß er schon wieder zurück sein soll, aber man läßt doch nicht drei Tage vergehen, ohne zu schreiben. Was kann ihm nur sein? Aus welchem Grunde?

Montravert. Geberde Dich doch nicht so aufgeregt. Du genirst mich.

Marfitta. Ach, Du weißt nicht, was Liebe ist!

Montravert. Bitte, das wußte ich früher als Du . . . . Ich versichere Dich, wenn man mit kaltem Blute darüber nachdenkt . . . .

Marfitta. Seit den drei Monaten meiner Bekanntschaft mit Theodor, verwünsche ich diese französischen Sitten . . . . ich frage, weshalb braucht man das öffentliche Aufgebot . . . die Papiere . . . den Vater, den Maire und was weiß ich noch Alles. . . . .

Montravert. Es giebt auch Leute, die sich nicht daran gekehrt. (Schnell.) Jedoch sie thaten unrecht.

Marfitta. Sobald aber Theodor mit seinen Papieren zurückkommt, steht uns doch nichts mehr im Wege?

Montravert. Meinst Du! Kein Hinderniß?

Marfitta (wirft einen Stuhl um, und läuft zu ihrem Vater). Sollte doch noch Eins sein?

Montravert (schneidet sich). Da . . . Da ist es schon! Da haben wir's.

Marfitta. Das Hinderniß?

Montravert. Den Messerschnitt . . . ich bin verwundet.

Marfitta (mit Theilnahme, drückt eine Serviette auf den Schnitt). Oh weh, o weh, aber es ist doch nicht schlimm . . . .

Montravert. Es schmerzt sehr.

Marfitta. Wird aber schnell vorüber sein.

Montravert. Sprich mit mir, aber in einiger Entfernung . . . ich höre nur von Weitem sehr gut. . . .

Marfitta (geht etwas zurück und hebt den Stuhl auf). Sehr gern . . . . aber Du sprachst von einem Hinderniß, das möchte ich kennen lernen. . . .

Montravert. Meine Einwilligung.

Markitta. Deine Einwilligung?

Montravert. Natürlich! Ohne diese kannst Du Dich gar nicht verheirathen, so lautet das Gesetz.

Markitta. Das heißt also, wenn Du Theodor nicht leiden magst, so kann ich ihn nicht lieben?

Montravert. O doch .. lieben kannst Du ihn — aber das ist auch Alles.

Markitta. Ich kann ihn nicht heirathen, wenn Du ihn nicht leiden magst?

Montravert. Nein.

Markitta. Und das nennt sich ein französisches Gesetz. . . . Solche abgeschmackten Albernheiten herrschen bei einem freien Volke? . . .

Montravert (sein Rasirmesser abwischend und es auf das Tischchen legend). Mein Kind . . . . . das verhält sich folgendermaßen. . . . Was Theodor anbetrifft. . . . .

Markitta. Mein Vater, ich liebe ihn! (Sie geht nach links.)

Montravert. So hat er keinen Pfennig Vermögen!

Markitta. Aber ich liebe ihn . . .

Montravert. Er verbringt sein Leben am Billard.

Markitta. Ich liebe ihn dennoch.

Montravert. Du würdest unglücklich mit ihm sein!

Markitta. Nein, ich sage Dir ja, ich liebe ihn. (Sie geht auf und ab.)

Montravert. Ich liebe ihn . . . . ich liebe ihn . . . das ist aus dem ersten Akt der Favorite, was Du mir da sagst. . . . .

Markitta. Du willst mir Deine Einwilligung nicht geben?

Montravert. Nein.

Markitta. Nein? (nimmt mechanisch das Rasirmesser vom Tischchen.) Du bist unerbittlich?

Montravert. Was wird sie thun? . . . Himmel, mein Rasir= messer!

Markitta (sie geht mit großen Schritten durch's Zimmer, indem sie das Messer streicht — Montravert folgt ihr). Nun habe ich genug von den Gesetzen Eures Landes.

Montravert (geht zu ihr). Willst Du mir das Messer wohl wieder geben.

Markitta. Zum letzten Mal, mein Vater, wirst Du einwilligen?

Montravert. Ja, ja . . . . ich willige ein . . . Du kannst ihn heirathen.

Marfitta (wirft das Messer fort, und sich in die Arme ihres Vaters). O Dank, tausend Dank, mein guter Vater.

Montravert. Nun erdrückst Du mich wieder. (Er geht nach links, hebt das Messer auf und legt es auf das Tischchen.)

Marfitta. Aber sein Schweigen ängstigt mich . . . drei Tage ohne Nachricht. . . . Ich werde an ihn schreiben, und wenn er mir dann nicht antwortet, reise ich morgen nach Brüssel; wenn ihn ein Unglück betroffen. (Zu Josephine, die durch den Hintergrund eintritt.) Josephine, ich bin für Niemand zu Hause, hörst Du, für Niemand. (Rechts ab).

Montravert. Und ich bin der Vater dieser — sanften Taube — Josephine, meinen Rock, meinen Hut.

Josephine. Sogleich. (Ab nach links.)

Montravert (allein). Ja, mag sie Theodor heirathen, so komme ich wenigstens zur Ruhe. Ihre Heirath begünstigt übrigens meine Pläne . . . . man sprach mir von einer kleinen Villa in Sevres, die zu vermiethen sei; der Besitzer wohnt hier in der Nähe, ich werde mit ihm reden, und wenn er nicht gar zu theuer . . . . so kann sich mein Traum von dieser Nacht verwirklichen.

Josephine (bringt Rock und Hut). Hier sind Ihre Sachen.

Montravert (den Morgenrock auszieheend). Ich danke. Hilf mir ein Wenig . . . (sich anziehend). Dann werde ich allein leben in Ruhe und Heiterkeit.

Josephine (reicht ihm den Hut). Werden Sie zu Tisch nach Hause kommen?

Montravert. Ja, aber so spät als möglich. (Im Abgehen.) In Ruhe und Heiterkeit. (Ab durch den Hintergrund.)

Scene 5.

Josephine (allein).

Ein guter Herr, der Herr Montravert. (Sie räumt auf.) Während seine Tochter das Gegentheil . . Ach, ich bedaure Herrn Theodor, mich sollte eine Frau so behandeln, wenn ich Mann wäre, der würde ich zeigen . . . die Männer sind eigenthümlich, es giebt welche, die solche Charaktere gerade lieben . . . . und doch kommt mir die Reise nach Brüssel sonderbar vor . . . Sollte Herr Theodor etwa? (Es klingelt.) Ja, das muß er sein . . . (Chamillon tritt durch den Hintergrund auf.)

Scene 6.

Josephine. Chamillon.

Josephine. Nein, das ist er nicht.
Chamillon. Er? Nein, ich bin es.
Josephine. Was wünschen Sie, mein Herr?
Chamillon. Fräulein Marfitta Montravert ..... halb Mexikanerin, halb Französin.
Josephine. Das ist richtig hier .... aber
Chamillon. Das Fräulein ist nicht zu Hause? Desto besser. (Setzt sich und nimmt eine lächelnde Miene an.) Da kann ich mich gut vorbereiten.
Josephine. Aber .... das Fräulein ist nicht zu sprechen.
Chamillon (steht schnell auf und spricht sehr ernst). Im Ernst jetzt, geh' und sag' Deiner Herrin. . . . .
Josephine. Das Fräulein ist beim Schreiben, und verbot mir streng sie zu stören.
Chamillon (setzt sich wieder — lächelnd). Ich werde warten bis sie mit dem Schreiben fertig.
Josephine (bei Seite). Ich will es dem Fräulein doch lieber melden, denn gerade bei ihrer Eigenthümlichkeit könnte sie nachher ärgerlich sein .... (laut). Ihr Name, mein Herr?
Chamillon Mein Name?
Josephine. Ich will Sie doch lieber melden, wen habe ich also die Ehre?
Chamillon (steht auf). Melde ein Unglück! (geht nach links.)
Josephine Ein Unglück?
Chamillon. Nein. (Bei Seite.) Das klänge zu arg.
Josephine. Nun, mein Herr?
Chamillon. Ist Deine Herrin nervös?
Josephine. Diese Frage ist sehr dreist.
Chamillon. Ja, ja, sie soll es sein. Sieh' mir mal in's Gesicht, so, und nun sage dem Fräulein, es sei ein großer Herr da, der aussähe als hätte er geweint.
Josephine. Wie, mein Herr, Sie wollten?
Chamillon. Nein, ich werde nicht.
Josephine. Nur um dem Fräulein Ihr Bild zu entwerfen, werde ich sie aber nicht stören.

Chamillon. Du hast recht, störe sie lieber nicht . . ich kann ja hier warten.

Josephine (bei Seite). Der weiß auch nicht, was er will.

Chamillon. Wie ist Dein Name?

Josephine. Weshalb fragen Sie danach?

Chamillon. Um Dich nicht immer meine Gute zu nennen, aber Du hast Recht, es ist gleichgültig für mich. Ich muß Dir sagen Mexikanerin oder Französin, Pepita oder Lisette, Du hast reizende Augen, und eine Taille. (Er faßt sie um.)

Josephine. Sind Sie deshalb hierher gekommen?

Chamillon. Nein, gut, daß Du mich an meine Pflicht erinnerst. . . . Danke, mein Kind.

Josephine. Der ist verdreht; der mit meiner Herrin zusammen, das paßt. Die mögen sich verständigen, ich gehe in meine Küche. (Ab durch den Hintergrund, indem sie Montraverts Rock und Bart-Requisiten mit hinaus nimmt.)

Scene 7.

Chamillon (allein).

(Er legt Hut und Stock links auf den Tisch.) Jetzt bin ich am Anfang meiner Mission. . . Satan von Theodor. . . Gestern Abend trete ich in's Caffee der Passage, Theodor hatte soeben sein Kartenspiel beendet, als er mich bemerkt, auf mich zukommt und sagt: „Chamillon, bist Du mein Freund?" Vom College her, das ich mit ihm zusammen besuchte, wußte ich noch genug latein und griechisch um zu sagen: „Im Leben, wie im Tode! — „Im Tode", faßte er schnell auf, „das gerade fordere ich von Deiner Freundschaft. Wenn Du mich liebst, so wirst Du mich tödten." — Kurz und gut, er gestand mir seine Liebschaft mit einer Mexikanerin, der er die Ehe versprochen hätte. „Dieses kleine Mädchen aus Mexiko", — sagte er zu mir — „ist nicht ein gewöhnliches Mädchen, nein, Markitta ist besonderer, feuriger Art. Sie will mich mit aller Gewalt zur Ehe zwingen, und wenn ich sie nicht heirathe, tödtet sie mich, und da ich nicht von ihrer Hand sterben möchte, ziehe ich es vor durch Dich getödtet zu werden." So sprach er kurz vor seiner sogenannten Reise nach Brüssel, und nun bin ich hier, seinen Auftrag auszurichten. Ich gestehe, daß ich nicht ohne böse Ahnung komme, denn das Bild, das er mir von dieser Markitta entworfen, realisirt mein Ideal. Eine Wilde ist eine Seltenheit hier in Paris, eine Frau, die heißes Blut in den Adern hat, kann mir gefallen . . . ich bin daher entschlossen ihre Bekanntschaft zu machen und wenn sie mir gefällt, nun so werde ich versuchen, sie zu trösten, und was mich betrifft, so werde ich die Belagerung Mexikos versuchen. (Nach rechts sehend.) Eine Thür öffnet sich . . . vielleicht ist sie's, nun heißt's Aufmerksamkeit!

Scene 8.

Chamillon. Markitta (von rechts kommend).

Markitta (einen Brief in der Hand). So, mein Brief ist beendet, nun schnell zur Post. (Chamillon bemerkend.) Ach, ein Fremder!

Chamillon (grüßend). Mein Fräulein. . . . (Bei Seite.) Potztausend, üppige Natur.

Markitta. Sie wünschen, mein Herr?

Chamillon. Fräulein Markitta Montravert . . . . .

Markitta. Sie steht vor Ihnen.

Chamillon (lächelnd). Mein Fräulein . . . (bei Seite). Schönes Bild aus Mexiko. (Laut.) Ich bin beauftragt Ihnen eine Mittheilung zu machen.

Markitta. Eine Mittheilung?

Chamillon (bei Seite). Um's Himmelswillen, ernsthaft.

Markitta. Ich höre mein Herr. (Sie zeigt auf einen Stuhl und setzt sich selber.)

Chamillon (nimmt einen Stuhl im Hintergrund links und setzt sich — bei Seite). Ziemlich schwer, was ich ihr sagen will. (Laut.) Mein Fräulein, ich komme aus Brüssel. (Markitta steht auf, Chamillon ebenfalls.)

Markitta. Aus Brüssel?

Chamillon (bei Seite, indem er nach rechts geht). Es scheint, wir sollen uns stehend unterhalten. (Laut.) Aus Brüssel. Ich war mit Theodor zusammen.

Markitta. Sind Sie sein Freund?

Chamillon. Das heißt . . . . ja, sein Intimus!

Markitta (mit Kraft). Weshalb ist er nicht hier? Bei mir, wie er es versprochen, geschworen hat? Weshalb schreibt er mir nicht? Weshalb, mein Herr, weshalb nicht?

Chamillon (bei Seite). Gott, wie schön ist sie im Zorn.

Marfitta. Nun, wollen Sie mir nicht antworten?
Chamillon (lächelnd). Sehr gern. (Bei Seite.) Ernsthaft. (Laut.) Theodor bleibt in Brüssel und beauftragte mich, Ihnen die Gründe auseinander zu setzen, die ihn dort zurückhalten.
Marfitta. Also schnell, bitte, beeilen Sie sich doch.
Chamillon (bei Seite). Gleich schön in ihrer Ungeduld. (Laut.) Mein Fräulein, das Unvorhergesehene ist der Maschinist der Existenz. Der Zufall hat seine Tücken, seine Launen.
Marfitta. Aber, mein Herr!
Chamillon (bei Seite). Ich will sie lieber nicht hitziger machen. (Laut.) Mit einem Wort, man ist jung . . . schön . . . geliebt von einer Frau . . . doch das ist kein Grund, das ändert nichts an der Zukunft . . . . im Gegentheil.
Marfitta. Ich verstehe Sie nicht. Haben Sie Mitleid, mein Herr!
Chamillon. Ich glaube, Theodor sagte Ihnen, er ginge seiner Papiere wegen nach Brüssel.
Marfitta. Sollte er mich getäuscht haben?
Chamillon. Ja, aber nur über den Zweck seiner Reise. . . Heut' zu Tage geht man nur aus zwei Gründen nach Brüssel. . . .
Marfitta. Und die sind?
Chamillon. Wenn man faillirt. . .
Marfitta. Also zu Grunde gerichtet?
Chamillon (lebhaft). Nein, dieser Grund ist es nicht.
Marfitta. Und der andere?
Chamillon. Betrifft eine Ehrensache.
Marfitta. Eine Ehrensache?
Chamillon. Ein Duell. (Bei Seite.) Heraus ist's.
Marfitta. Ein Duell also der Grund zur Reise?
Chamillon. Ja.
Marfitta. Himmel, er ist verwundet!
Chamillon. Mein Fräulein!
Marfitta. Aber nur leicht, nicht wahr? Sehr leicht, sagen Sie, daß dem so ist. . . .
Chamillon. Mein Fräulein, Theodor . . . nein, ich kann nicht . . . wenn Sie wüßten. . .
Marfitta. Großer Gott!
Chamillon (bei Seite). Jetzt kommt der Hauptmoment.
Marfitta. Theodor?

Chamillon. Theodor...

Marlitta. Todt? (Chamillon bleibt einen Augenblick still, dann wendet er den Kopf und läßt ihn in die Hände sinken.)

Marlitta (einen Schrei ausstoßend). Ach!

Chamillon. Mein Fräulein.

Marlitta. Todt... Er! (Sie geht einige Schritte und fällt ohnmächtig auf's Sopha.)

Chamillon (bei Seite). Sie ist ohnmächtig! Das ist schlimm. (Zu ihr gehend.) Mein Fräulein, soll ich Jemand rufen? Nein, das würde Aufsehen erregen.... liebes, bestes Fräulein, kommen Sie zu sich... wenn ich's ihr bequem machte, das darf ich nicht.... Ihr Herz schlägt noch, das beruhigt mich.... wie hübsch sie ist, nein, wie schön! Wer doch auch so schön wäre... und dieser Dummkopf von Theodor, der sie verschmäht... Ihre Farbe kehrt zurück... sie athmet, sie kommt zu sich. Ob ich jetzt gehe... (Er geht etwas zurück.) Nein, mag daraus entstehen, was da wolle, ich bleibe.

Marlitta. Wo bin ich?

Chamillon. Mein Fräulein...

Marlitta. Wer spricht da? Wer sind Sie? (Ihn betrachtend.) Ach!

Chamillon. Ich beschwöre Sie, beruhigen Sie sich.

Marlitta. Diese Stimme, diese entsetzliche Stimme.

Chamillon. Wie?

Marlitta. Ich entsinne mich. Theodor... mein Verlobter, mein Alles! Ach, ach. (Sie fällt in's Sopha zurück und weint.)

Chamillon (bei Seite). Fast mache ich mir Vorwürfe.. hätte ich gewußt.... ich will ihr lieber Alles sagen. (Er geht vor, besinnt sich jedoch.) Was? Ihr sagen, daß wir uns über sie lustig gemacht haben? Nein, das geht nicht; aber sie weint.... (Er geht vor.) Sehen Sie, mein Fräulein...

Marlitta (steht schnell auf, trocknet die Thränen, geht nach rechts). Genug der Schwachheit, der Thränen. Ein Bösewicht hat Theodor getödtet, und ich weine und jammere, statt ihn zu rächen. (Geht zu Chamillon.) Mein Herr, nicht wahr, Sie waren Zeuge des Duells?

Chamillon. Ja.... das heißt (schmerzlich) ich that Alles, was ich konnte.

Marlitta. Also kennen Sie die Veranlassung?

Chamillon. Die Veranlassung? Ja, natürlich. (Bei Seite.) Teufel.

Marlitta. Also reden Sie... die Veranlassung war....

Chamillon. Ein Streit.

Markitta. Ein Streit?

Chamillon. Ja; beim Billard... Theodors Leidenschaft... ich will Ihnen erklären. Theodor spielte zwei Points.

Markitta. Schon gut. (Bei Seite.) Da es sich nicht um eine Dame handelt, kümmert mich die Ursache wenig. (Laut.) Sein Gegner?

Chamillon. Sein Gegner?

Markitta. Nun, sein Name?

Chamillon. Wie ich Ihnen sage.

Markitta. Den Namen des Mörders. (Chamillon zögert.) Also.

Chamillon. Der Name des Mör.... warten Sie... Nein, ich war ja Theodors Zeuge, und kenne daher seinen Gegner nicht.

Markitta. Der Zeuge muß wissen...

Chamillon. Ja, man hat ihn mir auch wohl genannt, aber in der Aufregung.

Markitta (bei Seite). Dieser Mensch verwirrt sich bei jedem Wort. (Laut.) Sie selber, mein Herr, wer sind Sie? Wie ist Ihr Name?

Chamillon. Chamillon, mein Fräulein, Ernst Chamillon.. meine Profession Sohn der Familie, die väterliche Erbschaft verzehrend, im Besitz einer reichen Anzahl lieber Onkel...

Markitta. Herr Chamillon, bester Herr Chamillon, nennen Sie mir seinen Namen.

Chamillon. Wessen Namen?

Markitta. Des Mörders Namen.

Chamillon. Ich schwöre Ihnen, ich weiß ihn nicht.

Markitta. Das ist nicht wahr.

Chamillon. Mein Fräulein!

Markitta. Das ist nicht möglich!

Chamillon. Das klingt schon besser.

Markitta. Wenn ich diesen Namen wüßte. Wo haben sie sich geschlagen?

Chamillon. An welchem Ort?

Markitta. Wissen Sie das vielleicht auch nicht?

Chamillon. O doch.... aber die Einzelheiten. (Bei Seite.) Sie bringt mich gut in Verlegenheit.

Markitta (bei Seite). Er verwirrt sich immer mehr.

Chamillon. Es war ein kleines Gehölz. Kennen Sie Brüssel?

Markitta. Nein.

Chamillon (bei Seite). Desto besser. (Laut.) Die Stadt Brüssel

gleicht einem Plätteisen, hat acht Thore. . . . wir gingen zum Nebel=
thor hinaus, durch die neuen Anlagen, welche . . . .
 Markitta. Gut, gut, das ist hinreichend. Um welche Zeit
geht ein Zug nach Brüssel?
 Chamillon. Um welche Zeit? Es gehen viele Züge, man
kann wählen.
 Markitta. Wir nehmen den nächsten Zug.
 Chamillon. Wir?
 Markitta. Sie werden mir doch hoffentlich Ihre Begleitung
nicht versagen?
 Chamillon. Ich?
 Markitta. Mir dieses trübe Gehölz zeigen, mich in meiner
Nachforschung unterstützen den Mörder Theodor's zu entdecken.
 Chamillon. Aber mein Fräulein. —
 Markitta. Sie schlagen es mir ab?
 Chamillon. Nein, das nicht, aber — — —
 Markitta. Ich schreibe an meinen Vater, schnüre mein Bün=
del und wir reisen. (Sie geht nach rechts.)
 Chamillon. Wir allein?
 Markitta. Mit meinem Vater. Schwören Sie mir, mich hier
zu erwarten.
 Chamillon. Ueberlegen Sie nur erst.
 Markitta Schwören Sie.
 Chamillon. Bei der Seele Theodor's.
 Markitta. Dank! Ich beeile mich. Also nach Brüssel mit
dem Schnellzug. (Schnell ab nach rechts.)
 Chamillon (allein, seinen Hut aufsetzend). Schnell fort von hier . . . .
es ist zwar unrecht, meinen Schwur zu brechen, aber was soll werden!
Wo ist nur mein Hut? Sie ist reizend, anbetungswürdig, aber sie
mit ihrem Vater nach Brüssel führen, die abgeschmackte Rolle weiter
spielen. — — — Wo hab' ich nur meinen Hut hingelegt . . . .
welche Figur stellte ich hier in diesem Hause vor. (Er legte die Hand auf
seinen Kopf.) Ach da ist er ja . . schnell fort. (Er will durch den Hintergrund
abgehen, begegnet dort dem eintretenden Montravert.)

Scene 9.
Montravert. Chamillon.

 Montravert (Chamillon erkennend). Ach was, Chamillon?
 Chamillon. Mein Nachbar im Kasino.

Montravert. Ein Mitglied unseres Vereins!

Chamillon (bei Seite). Gestern erst spielte ich mit ihm.

Montravert. Sagen Sie, durch welchen Zufall begrüße ich Sie in meinem Hause?

Chamillon. Ja, in der That Montravert, ich wußte nicht, daß Sie ihr Vater....

Montravert. Alles das sagt mir aber nicht?

Chamillon. Ich hatte soeben das Vergnügen Ihrem Fräulein Tochter eine ziemlich traurige Nachricht zu überbringen.

Montravert. Was soll das heißen?

Chamillon (will gehen). Nein, ich habe genug darüber berichtet, noch 'mal kann ich es nicht erzählen . . . sie wird Ihnen schon Alles mittheilen.

Montravert (ihn zurückhaltend). Chamillon, ich bin Vater.

Chamillon (bei Seite). Gewiß, und seine Tochter ist reizend. Wenn ich seine Ansichten erforschte. (Laut.) Sie kennen Theodor?

Montravert. Sehr genau. (Bei Seite.) Zu genau.

Chamillon. Ich zeigte so eben seinen Tod an.

Montravert (freudig). Nicht möglich?

Chamillon (erstaunt). Wie?

Montravert (sich besinnend). Nein. (Einfach.) Armer Junge! Gewiß ich bedaure ihn, dessenungeachtet (heiter) paßt es mir!

Chamillon. Wahrhaftig?

Montravert. Ja, er wollte meine Markitta heirathen . . . wider Willen gab ich meine Zustimmung, denn dieser Herr gefiel mir nicht, auch bin ich überzeugt, daß meine Tochter mit ihm sehr unglücklich geworden wäre. . . . Als Mensch bedaure ich ihn, aber als Vater freue ich mich. . . .

Chamillon (bei Seite). Bei dem wäre es unnöthig, ihn glauben zu lassen. (Laut.) Montravert. (Zieht ihn nach links.) Still! Theodor befindet sich vollkommen wohl.

Montravert. Der verstorbene Theodor?

Chamillon. Nein, der lebende.

Montravert. Um so schlimmer.

Chamillon. Mit zwei Worten die Auflösung. Theodor hat Ihrer Tochter Schwüre geleistet, die er nicht halten will, begreifen Sie?

Montravert. Weiter.

Chamillon. Um nun ihrer Rache zu entgehen, bat er mich, hier sein Ableben zu verkünden.

Montravert. Prächtiger Einfall, nur etwas stark.
Chamillon. Ich machte hier eine treffliche Erzählung, ein Duell in Brüssel, u. s. w. u. s. w.
Montravert. Aber hat sie nicht getobt, gelärmt? (Mit Interesse.) Sie sind nicht verwundet?
Chamillon. Nein! Aber Ihre Tochter schluchzte, wurde ohnmächtig. Sie sah herrlich aus in ihrem Schmerz.
Montravert. Sie muß einst eine schöne Wittwe werden
Chamillon. Jetzt wünscht sie meine Begleitung nach Brüssel.
Montravert. Was? Ihre Begleitung?
Chamillon. Ja, ich und Sie, wir Beide sollen sofort mit ihr abreisen.
Montravert. Sie traut also der Sache nicht recht?
Chamillon. Das nicht, sie betritt getrost die Brücke, deren Baumeister ich bin, aber sie will den Tod des Geliebten rächen.
Montravert. Ah!
Chamillon. Sie besteht darauf, daß ich ihr den Namen des Mörders nenne und da ich bis jetzt der einzige Mörder Theodor's bin. . . .

Scene 10.

Die Vorigen. Markitta (kommt von rechts, verbirgt sich, nachdem sie den letzten Satz gehört).

Markitta (bei Seite). Was hör' ich?
Chamillon. Sie begreifen meine Verlegenheit.
Markitta (bei Seite). Seine Verlegenheit.
Montravert. Ich hätte ihr einen beliebigen Namen genannt.
Chamillon. Daran dachte ich nicht.
Markitta. Was soll das nur Alles bedeuten?
Chamillon. Sie begreifen also meine Verlegenheit . . . Jeder Augenblick konnte mich verrathen, das fürchtete ich und um Alles in der Welt möchte ich nicht, daß sie erführe.
Markitta. Ich zittere zu errathen!
Montravert. Weshalb nicht?
Chamillon. Theodor hatte mir von Ihrem Fräulein Tochter in Ausdrücken gesprochen, die meine Neugier reizten.
Montravert. Weiter.
Chamillon. Mein Herr, dieses aufgeregte Kind gefällt mir.

2*

Markitta (bei Seite). Was sie sagen!

Chamillon. Ja, ich liebe diese ausländischen Gewächse, ich liebe die starken Getränke, die uns das Ausland bietet, ich verachte die faden süßen Getränke französischen Ursprungs.

Montravert. Mit einem Wort, Sie lieben meine Tochter!

Chamillon. Ja.

Markitta (bei Seite). Er liebt mich! Entsetzlich!

Montravert. Dieser liebe Chamillon! (Bei Seite.) Er ist sehr reich. (Laut.) Ihr Antrag ehrt mich, aber . . . .

Chamillon. Sie weisen ihn zurück?

Montravert. Ich nehme ihn an. (Sie drücken sich die Hände.)

Markitta (bei Seite). Was muß ich hören?

Montravert. Aber erst müssen Sie das Ja Markitta's erringen! Ach, ein Gedanke... Wir sollen ja wohl nach Brüssel reisen

Chamillon. Denken Sie noch daran?

Montravert (lachend.) Nun ja, Sie haben ja nicht zu fürchten, dem Mörder Theodor's zu begegnen.

Chamillon (lachend). Aus guten Gründen.

Montravert. Sie reisen mit ihr, machen ihr den Hof, geben sich das Ansehen, als gingen Sie auf Erkundigungen aus.

Chamillon. Vortrefflich.

Montravert. Ich reise mit Euch. Es wird mich was kosten, aber mit der Zukunft der einzigen Tochter darf ich nicht handeln.

Chamillon. Dank, Montravert.

Montravert. Folgen Sie mir in mein Zimmer — helfen mir die Vorbereitungen treffen . . .

Chamillon. Mit Vergnügen . . . ich bin es zufrieden.

Montravert. Und ich erst! Theodor, der nicht mehr heirathet . . . Sie haben recht gethan, ihn zu tödten, diesen Bettler.

(Beide links ab.)

Scene II.

Markitta (allein.)

Er, der Mörder Theodor's! . . . und mein Vater wußte es . . . Beide wollen, daß ich heirathe. . . . Wie geht es in diesem Lande zu, dieses Frankreich, diese Welt, in der dem Mörder gelüstet nach der Braut seines Opfers. Und ich hielt mich zurück, ich warf mich nicht gleich einer Löwin oder einem verwundeten Panther auf ihn... aber er wird zurückkommen, dann... nein, nicht durch einen einzigen Dolchstoß soll er sterben! Bei solch' unerhörtem Verbrechen muß ich auf besondere Rache denken, er muß sterben, aber nicht durch den Dolch, nein, durch Nadelstiche! Er liebt mich, will mich heirathen. Weshalb auch nicht? Gehört mir dann nicht sein Name, seine Ehre an? O! mit Freuden werde ich das Ja vor dem Herrn Maire sprechen, dieses Ja, daß ihn mir ganz zu eigen giebt! Niemals wird es eine zärtlichere Braut geben, niemals könnte selbst eine fünf und dreißigjährige Jungfrau dieses Ja mit größerer Glückseligkeit sprechen. Ich höre mich schon, wenn der Herr Maire mich fragen wird: Begehren Sie Herrn Chamillon als Ehegatten? Und das jungfräuliche Bouquet in der Hand, die Wuth im Herzen, die Drohung auf den Lippen, mit niedergeschlagenen Augen werde ich antworten: Ja, ja, ja.... o mein Theodor, ich verspreche Dir eine Rache, den Europäern noch unbekannt! Eine mexikanische Rache! Wenn Du vom Himmel herabblickst, aus Deiner letzten Wohnung, Du wirst zufrieden mit mir sein... Still, mein Herz, Lippen lächelt, Erinnerungen schweigt. Ich will es. (Sie setzt sich in die Nähe des Pianos.)

Scene 12.
Chamillon. Montravert. Markitta.

Montravert (außen). Ich vertraue Ihnen denselben an, schütteln Sie ihn nicht zu sehr. (Er tritt von links mit Chamillon auf.)

Chamillon (einen Reisekoffer tragend). Er ist ziemlich schwer.

Montravert. Das weiß ich wohl, deshalb würde es mich auch ermüden, wenn —

Chamillon (bemerkt Markitta, leise zu Montravert.) Da ist sie! Aufgepaßt!

Montravert (leise). Richtig! Wir müssen bewegt sein. (Geht vor und steht still, zu Chamillon.) Ich glaubte, sie würde packen.

Chamillon (leise). Sie denkt an ihn.

Montravert (nähert sich Markitta, mit trüber Miene). Markitta! Mein Kind.

Markitta. Wer ruft mich?

Montravert. Niemand, das heißt Dein Vater... Du siehst uns —

(Er bezeichnet Chamillon und zwingt sie den Koffer zu sehen, den derselbe noch immer in der Hand hält.) bereit, abzureisen.

Markitta (als ob sie ihn nicht verstehr.) Abzureisen, sagst Du?

Montravert. Nun ja, Chamill . . . (schnell). Herr Chamillon sagte mir.

Markitta. Also Du weißt?

Montravert. Alles! Was willst Du? Die Parze ist unbengsam.

Markitta. Und das bedauerst Du, nicht wahr?

Montravert. Bitter . . . zum Beweis siehst Du mein Felleisen geschnürt, ich willige ein, die Grenze zu überschreiten, Dich zu unterstützen in Deinen Nachforschungen.

Markitta (die darüber vergessen hat). In meinen Nachforschungen, um was?

Montravert. Wollen wir nicht den Mörder Theodor's aufsuchen.

Markitta (steht schnell auf, mit Kraft). Ja wohl, den Mörder Theodor's. (Sie geht auf Chamillon zu, der noch immer den Koffer hält, Chamillon weicht vor ihrem Blick zurück.) Was ist Ihnen denn, Herr Chamillon?

Chamillon. Mir? Nichts!

Markitta. Ja, man könnte fast meinen, Sie wären verlegen.

Chamillon. Das glaube ich gern, dieser Koffer.

Markitta (bei Seite). Die Gewissensbisse ersticken ihn. (Laut.) Sie waren sein Freund, nicht wahr? Sie waren es doch?

Montravert. Laßt jetzt gut sein, unterweges habt Ihr Zeit genug zur Unterhaltung.

Markitta. Unterweges?

Montravert. Reisen wir nicht nach Brüssel?

Markitta. Was sollen wir dort?

Montravert. Nun Chamil . . . Herr Chamillon sagte mir doch, daß Du es warst, die . . . .

Markitta. Ja, im ersten Augenblick wollte ich, dachte ich; aber ich änderte meine Ansicht, wir reisen nicht.

Chamillon (läßt den Koffer fallen). Was?

Montravert. Nicht?

Markitta. Wozu den glücklichen Gegner aufsuchen, Duelle kommen alle Tage vor . . . vielleicht bringt es der Zufall heraus. (Sieht nach rechts.)

Montravert. Wohl hast Du recht. (Leise zu Chamillon.) Sie ist beruhigt.

Verheirathet aus Rache.

Chamillon (bei Seite). Der Regenbogen zeigt sich, der Himmel klärt sich auf.

Scene 13.
Die Vorigen. Josephine.

Josephine (durch den Hintergrund). Fräulein, es ist servirt.
Markitta. Josephine, lege ein Couvert mehr auf.
Montravert. Drei Couverts?
Markitta. Gewiß, mein Vater, nichts natürlicher. Herr Chamillon, der aus Brüssel kommt, der uns einen Dienst geleistet, wird doch wohl annehmen?
Chamillon (zu ihr gehend). Ich . . . aber (bei Seite.) Der Himmel bleibt heiter. (Laut.) Mit Vergnügen.
Markitta. Ihren Arm, Herr Chamillon. (Chamillon reicht ihr denselben. Sie gehen ab.)
Josephine (bei Seite). Sollte das ein neuer Bräutigam sein?
Montravert (bei Seite). Welche Veränderung!
Markitta (steht in der Thür still). Du wirst das grüne Zimmer in Ordnung bringen.

(Ende des ersten Aktes.)

Zweiter Akt.

Schlafzimmer. — Im Hintergrund ein Bett, dessen Vorhänge, einen Baldachin tragend, halb zugezogen sind. — Im Vordergrund links, ein Kamin, darauf eine Stutzuhr. — Etwas zurück eine Thür, die in ein Toilettenzimmer führt. — Rechts in der ersten Koulisse ein Fenster, dessen Vorhänge und Rouleaux geschlossen. — Im Hintergrund, rechts vom Bett, die Eingangsthür. — Rechts, dritte Koulisse, wieder eine Thür, die zu Markitta führt. — Rechts, vorn, ein Tisch. — Links ein Tischchen, auf dem eine Cigarrentasche, Streichhölzer und ein Sammetkäppchen liegen. — In der Nähe des Tischchens ein Stuhl, auf demselben ein Jagdgewehr. — Rechts ein Lehnstuhl, auf dem Chamillons Sachen liegen — Am Fußboden Stiefelknecht und Pantoffeln. — Am Kopfende ein Nachttisch. — Lehnstühle, Stühle, Tische ꝛc. — Eine Blendlaterne auf dem Tischchen links.

Scene 1.

Markitta (allein, auf der Bühne), **Chamillon** (auf dem Bett, halb verborgen liegend).

(Beim Aufziehen des Vorhanges ist die Bühne nur durch die Blendlaterne erleuchtet, das Bett im Schatten lassend; sobald der Vorhang aufgeht, sieht man Markitta auf einem Stuhl, links im Hintergrund, sie hängt den einen Stiefel Chamillon's auf ein Bild, dann steigt sie herab, nimmt die Laterne, deren Lichtschein sie auf den Stiefel wendet, und sagt:) Das macht einen prächtigen Effekt. Wenn er es auch nur sieht. — Ach, meine Wolle. (Sie setzt die Laterne auf den Tisch, zieht ein Knäuel Wolle aus ihrer Tasche, steigt wieder auf den Stuhl, befestigt ein Ende der Wolle am Stiefel, steigt wieder herunter, zieht mit dem Wollfaden auf dem Fußboden eine Schlinge, welche bis zum Tisch reicht, auf den sie das Knäuel legt, setzt sich an den Tisch und schreibt darauf mit Kreide, indem sie das, was sie schreibt, mit lauter Stimme sagt: Folge dem Faden. (Steht auf und wendet sich gegen das Bett.) Sollte er munter sein? Nein! (Schnarchen im Hintergrund.) Er schnarcht der Elende, ich verurtheilte ihn während der ersten acht Nächte seiner Ehe zu dieser Einsamkeit und er schnarcht, er kann schnarchen. Wie müde muß er gestern Abend gewesen sein, da er sich halb entkleidet auf's Bett gelegt, wie fest ist sein Schlaf. Heut beginnt ein neuer Abschnitt, der Abschnitt der kleinen Leiden, die Stecknadelstiche, die dem Dolche vorangehen. . . . Ob ich wohl nichts vergessen habe. . . . (Sie

setzt sich an den Tisch und liest aus ihrem Notizbuch beim Laternenschein.) Die Bett=
vorhänge soweit ablösen, daß sie ihm auf die Nase fallen. Seit
gestern geschehen! (lesend.) Die Cigarren spalten ... gut, in seine
griechische Mütze Pfeffer streuen ... auch besorgt ... Die Taschen=
Uhr vor, die Wanduhr nachstellen. Die Taschentücher in den Taschen
festnähen ... geschehen ... einen Pantoffel und einen Stiefel ver=
stecken; ihm nur fünf Sous in seinem Portemonaie lassen, den Gummi
von den Tragbändern abschneiden... Alles bestens besorgt (lesend).
Ihn auf hörbare Art aus dem Schlafe wecken.... Werde ich so=
fort thun. (Steht auf und wendet sich mit der Laterne nach der Thür rechts.) Cha=
millon, Mörder Theodor's, der Himmel ist gerecht, die Stunde der
Rache hat geschlagen! (Indem sie diese Worte ausspricht, hat sie eine kleine Pistole
aus ihrer Tasche gezogen, beim letzten Wort schießt sie in die Luft und geht, die Thür
hinter sich schließend ab.) Gänzliche Dunkelheit.

Scene 2.
Chamillon (allein).

Was? Was giebts? (Steckt den Kopf durch die Gardine.) Herein! Was?
Niemand da? Wer hat mich denn geweckt? Ich glaubte deutlich einen
Schuß zu hören ... oder ein starkes Niesen, ich bin nicht ganz
sicher... Sollte ich geträumt haben! Ach, Niemand wird in der
Nacht bei mir niesen und dennoch bin ich verheirathet! Verheirathet
seit acht Tagen! Alles ist ruhig, meine Einbildung ausgenommen...
Wie spät mag es sein? Die Vorhänge sind herunter, daher sieht man
nicht, zum Glück ist meine Repetiruhr da. Gestern war ich so ent=
setzlich müde, daß ich wahrhaftig so auf dem Bett eingeschlafen bin.
(Er berührt den Knopf seiner Uhr, die im Hintergrund des Bettes hängt. Man hört es
vier Uhr schlagen.) Vier Uhr! Erst vier Uhr! Ueber die einsamen Nächte.
Ich will noch 'mal zu schlafen versuchen. (Er legt sich auf's Kissen, die Wand=
uhr schlägt, und Chamillon zählt laut die Schläge, indem er jedes Mal den Kopf hebt.)
Eins, zwei, drei, vier, fünf, sechs, sieben, acht, neun, zehn Uhr. Was?
Und meine Uhr ist erst vier. (Setzt sich aufrecht.) Und sie sind doch von
ein und demselben Uhrmacher. Wenn es wirklich schon zehn Uhr
wäre, müßte ich ja lange auf sein. Ich will die Vorhänge aufziehen.
(Er thut es, dieselben fallen über ihn.) Potzelement! Was ist das? Wollen
Sie mich wohl los lassen! bin ich thöricht .. ich halte mich ja selber,
oder vielmehr die Gardinen, die ich festhalte. (Sucht sich herauszuwickeln
und fällt dabei vom Bett.) Zum Teufel, wie kommt das? Der Tag fängt

schlecht an! Ich will die Wetter-Rouleaux aufziehen, ich liebe die Dunkelheit nicht. (Er öffnet — heller Tag.) Wahrhaftig, heller Tag. Die Wanduhr muß recht haben, ich will mich schnell ankleiden. (Sucht seinen zweiten Pantoffel.) Wo ist nur der zweite Pantoffel, nun find' ich nur einen, der Teufel mag wissen, wie das zugeht, ich werde gleich die Stiefel anziehen, (nachdem er den einen angezogen). Wo ist nur der andere? Nun finde ich auch nur einen Stiefel... Sollte Josephine? Um neun Uhr sollte sie mich wecken... vielleicht hörte ich sie nicht kommen... Weshalb hat sie mir aber nur einen Stiefel mit fortgenommen. (Er spricht das Alles, indem er ein Tragband umbindet, es zerreißt.) Nun zerreißt auch noch mein Tragband, (versucht wüthend das Andere umzulegen). Das weiß der Teufel. (Dieses zerreißt auch.) Das zweite auch. (Er wirft sie auch die Erde.) Vielleicht hält die Schnalle... ja, ja, so geht's. (Suchend.) Meine Mütze... ah, da ist sie. (Er setzt sie auf.) Mein Morgenrock (findet ihn und zieht ihn an.) Nun möchte ich (sieht still), daß es noch nicht so spät wäre. (Niest.) Komisch, wie es nach Pfeffer riecht; wenn Josephine gekommen wäre, hätte sie mich ja geweckt, wie ich ihr befohlen, am Ende ist's noch gar nicht neun Uhr.. Ich fürchte die Andern zu stören... Wenn ich eine Cigarre rauchte. (Er nimmt eine aus der Kiste und ein Streichholz.) Ja, ein bischen Rauchen in der Frühe öffnet den Verstand. Wie unbequem der Gang ist mit einem Stiefel und einem Pantoffel. (Setzt sich links auf den Armstuhl.) Bis Josephine kommt, will ich meine Leiden überdenken, und diese herrliche Havanna rauchen... atschi... Wie es hier aber nach Pfeffer riecht! (Er versucht seine Cigarre anzuzünden.) Es war Mitternacht, als Markitta mir nach drei Monaten der Brautzeit angehörte, nachdem sie am selben Morgen mit kräftiger Stimme das reizendste Ja ausgesprochen, das mir alle Rechte des Gatten über sie gab.... im großen gelben Saal wurde getanzt, und seit länger als einer Stunde verwünschte ich die Uhren. (Er kann seine Cigarre nicht zum Brennen bringen, wirft sie in den Kamin und nimmt eine andere.) Sie machten auf mich den Eindruck als stünden sie... endlich zeigte man die letzte Quadrille an, die Tänzer verneigten sich vor ihren Damen... Atschi! — Nein, es riecht zu streng nach Pfeffer.... Meine Frau tanzte mit dem Notar.... sie schien sehr bewegt... endlich schlug es Mitternacht. (Steht auf.) Ein durchdringender Schrei ließ sich hören, ... ich schrie gleichfalls (die zweite Cigarre wegwerfend). Teufel noch mal, was ist denn mit meinen Cigarren? (Er nimmt eine dritte.) Ich schreie: Himmel, meine Frau! Markitta lag in Ohnmacht, sie mußte sich beim Tanz mit dem Notar den Fuß verrenkt haben, und so mußte ich in der Mitternachtstunde, der ersten in meiner Ehe, nach einem Arzt laufen! .... Endlich fand ich einen, und ich glaubte als Gatte das Recht zu haben über die Verrenkung meiner Frau zu sprechen, trete mit dem Arzt vor ihr Schmerzenslager. (Zündet die dritte Cigarre an.) Eitle Hoffnung! Diese erste Gunst wurde mir eigensinnig verweigert, ich mußte im Nebenzimmer warten mit Papa Montravert, bis der Doktor ging, was nach einer Viertelstunde der Angst endlich geschah, er zeigte uns an, daß eine heftige Ausdehnung der Muskelbänder, eine schreckliche Zusammenziehung der Knochen meine Frau mindestens vierzehn Tage das Bett hüten ließe und seitdem! Himmel Element! .... Diese Cigarre ist gespalten... Sollten die andern auch. (Blickt in die Kiste.) Alle getheilt! (Niesend.) Atschi! Entschieden, ich muß Pfeffer in der Nase haben! (Nimmt seine Mütze ab.) Ach, das also ist die Pfefferbüchse! Ist's möglich? Wie! Josephine thut Pfeffer in meine griechische Mütze. (Er wirft sie fort.) vielleicht, um sie vor Motten zu schützen! Die ist zu einfältig, und diese Cigarren.... (niest). Wo ist nur mein Taschentuch? Ach! (Er will es aus der Tasche ziehen.) Na! Was ist das? Festgenäht in der Tasche, wie bei den Schulkindern... Das ist zu arg .... ich muß wissen.... (Klingelt am Schnur nahe beim Kamin.) Und wenn ich das ganze Haus erwecken sollte! (Er läutet unaufhörlich.)

Josephine (außen). Ich komme schon.
Chamillon. Jetzt wird sich Alles aufklären.
Montravert (außen). Was ist denn nur geschehen?
Chamillon. Der Schwiegervater ... gut.
(Montravert und Josephine treten durch den Hintergrund auf.)

Scene 3.

Josephine. Chamillon. Montravert.

Josephine. Sind Sie krank, Herr Chamillon?
Montravert. Klingelst Du der Feuerwehr?
Chamillon. Hierher Josephine, und antworte mir.
Josephine. Ich?
Montravert. Schwiegersohn.... Was hast Du?
Chamillon. In fünf Minuten stehe ich zu Diensten. (Zu Josephine.) Erst zu Dir .... Wie spät ist es?
Montravert. Wie, um das zu erfahren....

Chamillon. Montravert, noch ist die Reihe nicht an Dir. (Zu Josephine.) Wie spät?

Josephine. Halb neun, Herr Chamillon.

Chamillon. Weshalb zeigt also meine Taschenuhr vier, meine Wanduhr halb elf.

Josephine. Das kann ich doch nicht wissen, da müssen Sie Ihren Uhrmacher fragen.

Montravert. Da hat sie Recht, das schlägt nicht in ihr Fach.

Chamillon. Warte doch gefälligst. (Zu Josephine.) Weshalb hast Du Pfeffer in meine griechische Mütze gethan?

Josephine. Ich? Ich hätte? ...

Montravert. Pfeffer, das müßte sie doch wissen.

Chamillon. Weshalb hast Du meine Cigarren gespalten?

Josephine. Ich hätte!

Montravert. Sie hätte!

Chamillon. Weshalb mein Taschentücher in den Taschen festgenäht?

Josephine. Was nicht noch Alles!

Montravert. Wie, Du nähst die Taschentücher fest?

Josephine. Es ist doch nicht wahr.

Chamillon. Sie sind nicht festgenäht? (Er zeigt sie.)

Josephine. Aber nicht von mir.

Chamillon. So, und die Bettvorhänge ... meine Pantoffel, welche immer am Fußend meines Bettes stehen sollen...

Montravert. Nein, auf Deinen Füßen, willst Du sagen.

Chamillon Schwiegervater, strenge Deinen Geist nicht zu sehr an, das ... (Zu Josephine.) Nun, wird's bald .... antworte, erkläre mir.

Josephine. Ich begreife gar nicht.

Montravert. Ich eben so wenig.

Chamillon. Ihr begreift nicht, daß es sich hier um eine Zauberei handelt, deren Hansnarr ich bin. .... Eine Zauberei, deren Verfasser das tiefste Incognito beobachtet.

Montravert Ach was!

Josephine. Wäre es möglich?

Chamillon. Seit heute Morgen bin ich ein Nadelkissen, in das eine unbekannte Hand Stecknadeln hineinbringt. .... Seht selbst... Ein Stiefel, wo ist der Andere? Ein Pantoffel, wo ist der Andere?

Josephine (suchend). Ich will suchen. (Ist an den Tisch gekommen und sieht das Geschriebene.) Halt! (liest.) „Folge dem Faden."

Chamillon (nähert sich). Folge dem Faden?

Montravert (eben so). Folgen wir also dem Faden! (Alle Drei folgen dem Wollfaden, Josephine als Erste, indem sie den Faden aufwickelt. Montravert ist der Letzte.)

Montravert. Wo führt er denn hin? (Sie folgen immer, dann an der Wand angekommen, sagt Montravert.) Das geht ja in die Höhe. (Sie heben den Kopf hoch.)

Josephine (sieht den Stiefel). Ah!

Montravert (eben so). Ah!

Chamillon (eben so). Ah, mein Stiefel.

Montravert. Sein Stiefel.

Josephine. Ja, sein Stiefel.

Chamillon (geht nach rechts). Wer hat das da festgemacht?

Josephine (knüpft den Stiefel los, und setzt ihn auf die Erde). Ich war es nicht.

Montravert. Ich eben so wenig.

Chamillon. Aber es muß doch Jemand gethan haben.

Josephine (lacht). Entschieden ist es ein Scherz, den der Herr selber gemacht.

Chamillon. Was?

Montravert (lacht). Immer fidel, lieber Schwiegersohn.

Josephine. Er will uns glauben machen, daß dies . . . .

Chamillon. Nein, zum Henker. (Zu Josephine.) Ich sage Dir, Du warst es, ich jage Dich fort.

Josephine. Ach, Herr Chamillon!

Montravert. Du willst dies Mädchen fortschicken?

Chamillon (zu Montravert gehend). Gut, wenn sie es nicht gethan, so warst Du es.

Montravert. Schwiegersohn! Einen alten Kaufmann beargwöhnen!

Chamillon. Es ist wahr, das wäre zu phantasiereich für ihn . . . . wir Drei sind doch aber nur hier . . . meine Frau kann es nicht sein, die liegt krank . . .

Montravert. Da Du gerade davon sprichst, mir scheint, es geht ihr viel besser.

Chamillon. Was Du sagst!

Montravert. Ich hörte Dich doch in dieser Nacht die Thüre ihres Zimmers öffnen.

Chamillon. Mich?

Montravert. Hast Du einen Lärm gemacht, du lieber Himmel.

Chamillon. Ich?

Montravert. Schon wollte ich kommen, wenn ich nicht gefürchtet hätte, indiskret zu erscheinen.

Chamillon. Bist Du närrisch ... ich bin nicht aus dem Zimmer gewesen.

Montravert. Laß gut sein.

Josephine (die nachgedacht, kommt in die Mitte des Zimmers). Jetzt hab' ich's.

Chamillon. Nun, der, oder diejenige, die sich mit mir zu schaffen macht.....

Josephine. Sind Sie ganz allein.

Chamillon. Ich?

Montravert. Er?

Josephine (zu Montravert). Ich hatte einen Cousin, mit dem war es eben so, der stand des Nachts auf.

Montravert. Mondsüchtig! Sie hat Recht, Chamillon, Du bist mondsüchtig.

Josephine. Sie können es glauben.

Chamillon. Mondsüchtig? Ich? Nicht doch!

Josephine. Das wissen Sie nur nicht. Eines Abends kam mein Cousin sogar in mein Zimmer, umarmte mich, und da ich wußte, wie sehr gefährlich es sei, Mondsüchtige zu wecken, habe ich nichts gesagt! Am andern Morgen wußte er von nichts.

Chamillon. Was? Es wäre möglich, daß ich —

Montravert (geht zu Chamillon). Wer soll es denn sonst sein?

Chamillon. Ja, ja, das erklärt auch Alles. Aber sollte man glauben, daß ich im Schlaf meine Cigarren spalten, Pfeffer in die Mütze streuen, sogar nähen ...

Montravert. Ich, der ich mit Dir rede, ich sage Dir, während der Schulzeit war ich mondsüchtig, ich machte alle Arbeiten im Schlafe, die sonst gewiß nicht so ausgefallen wären, daß ich Lob dafür erntete.

Chamillon (bei Seite). Ich bin sehr in Angst. (Laut.) Ich bitte Dich, Schwiegervater (zu Josephine) und Dich Josephine, sprecht nicht mit meiner Frau über Alles das.

Montravert. Wie kannst Du glauben.

Josephine. Aber, Herr Chamillon.
Chamillon. Es kann auch nicht sein, ich verstehe ja nicht zu nähen. Wie sollte ich das im Schlafe?
Josephine. Mein Cousin konnte mich auch nur im Schlafe umarmen, das nennt man das zweite Gesicht.
Chamillon (bei Seite). Sehr beunruhigend.

Scene 4.
Die Vorigen. Markitta.

Markitta (von außen). Himmel, zu Hülfe!
Chamillon. Großer Gott.
Montravert. Meine Tochter.
Josephine. Madame.
(Alle wenden sich rechts nach der Thür, welche sich öffnet, um Markitta herein zu lassen, sie tritt ein im Nachtkleid, das rechte Bein eingewickelt und sich an die Wand stützend).
Markitta. Zu Hülfe! Einen Sessel . . . Unterstützt mich.
(Chamillon und Montravert nehmen Jeder von einer Seite Markitta, während Josephine den Fauteuil mitten auf die Bühne rückt).
Montravert. Wie, Du bist aufgestanden?
Chamillon. Es geht also besser?
Markitta. Im Gegentheil, viel schlimmer.
Chamillon. Aber weshalb hast Du nicht geklingelt?
Markitta (läßt sich im Stuhl nieder). Sacht . . . . sacht . . . Josephine, eine Fußbank.
Chamillon (bringt sie). Hier! Nun, ein Kissen.
Josephine (bringt ein Kissen, das sie auf die Fußbank legt, dann will er das Bein seiner Frau fassen). Erlaube.
Markitta. Rühre mich ja nicht an . . . mein Himmel, der geringste Druck. (Legt das Bein auf die Fußbank.) Ah, nun ist's gut.
Josephine (ist nach rechts gegangen).
Montravert. Aber weshalb bist Du aufgestanden?
Markitta. Ich hatte keine Schmerzen und wollte versuchen. . . . Selbst als ich in meinem Zimmer stand, fühlte ich mich so wohl, daß ich glaubte, ganz gut bis hierher zu kommen . . . ich fürchte aber jetzt, mein Leiden dadurch verschlimmert zu haben.
Chamillon (bei Seite). Sie will mich immer länger hinhalten.
Montravert. Du thatest sehr unrecht . . Ich kann nun nicht

mehr hier bleiben, ich gab mir ein Rendez-vous mit Chaton; ein Freund, der seine Villa verkaufen will, und da ich schon neulich das mit Sevres versäumt. . . .

Markitta. Du willst uns also verlassen?

Chamillon. O Schwiegerpapa. (Bei Seite.) Eine prächtige Idee.

Montravert. Schwiegerpapa . . . gerade deshalb, in einer glücklichen Ehe ist ein Schwiegervater nur genannt, unbequem.

Markitta. Oh!

Chamillon. Ah! (Bei Seite.) Er hat ganz recht.

Montravert. Deshalb habe ich beschlossen, natürlich mit Kummer, mit dem größten Bedauern von nun an allein zu leben, auf dem Lande. Allerdings ein Opfer, ich verbanne mich selber aus dem Glück meiner Kinder. Ich will es 'mal versuchen.

Markitta. Wir halten Dich nicht zurück, mein Vater, nur zusammen frühstücken wollen wir.

Montravert. Gerade das geht nicht, ich sollte schon drüben sein, zum Frühstück, aber ich kann des Morgens nichts essen, ich ziehe meinen Milchkaffee vor, ein Pfeifchen und die Constitutionelle. Alles leichte Speisen.

Markitta. Du hast gänzliche Freiheit!

Montravert. Freiheit! Freiheit! Wenn Du nur nicht kränker wirst.

Markitta. Im Gegentheil, ich fühle mich wohler, übrigens wird mich Josephine nicht verlassen, und im Nothfall ginge Ernst zum Arzt.

Montravert. Ich bleibe auch nicht allzu lange, wenn Chavenet pünktlich ist, kann ich vor Tisch zurück sein. Ich werde mich sehr beeilen. Nicht wahr, mein Kind, Dir geht's besser?

Markitta. Ich leide in diesem Augenblick fast gar nicht.

Montravert. Ich beeile mich sehr; lieber Schwiegersohn, ich empfehle sie Dir an.

Chamillon. Sei ganz ruhig, Papa.

Montravert (umarmt Markitta). Auf Wiedersehen, mein Engel; ich will mich schnell davon machen, ehe es wieder schlimmer wird, dann würde ich gar nicht fort kommen und geriethe in Verlegenheit. (Ab durch den Hintergrund.)

Chamillon (begleitet ihn). Mache Deine Geschäfte in Ruhe ab, eile Dich nicht so sehr.

Scene 5.

Josephine. Markitta. Chamillon.

Markitta (bei Seite). Jetzt werde ich das Resultat meiner ersten Stecknadelspitzchen erfahren.

Chamillon (kommt freudig zurück, setzt sich neben seine Frau). Du hier, bei mir! Diese Ueberraschung!

Markitta. Was seh' ich? Du hast ja einen Stiefel und einen Pantoffel an?

Chamillon. Ja, Josephine war in Gedanken.

Josephine. Ich?

Chamillon. Oder möglich, daß ich es selber gewesen, ach, ich habe so viel Kummer in unserer Ehe. (Er steht auf.)

Markitta (bei Seite). Wie, er glaubt!

Josephine (in der Nähe des Bettes). Die Vorhänge sind zerrissen.

Chamillon. Ja, das that ich .. Indem ich aufstand, faßte ich an dieselben und krach, ich werde aber den Tapezier kommen lassen.

Markitta (bei Seite). Er denkt, daß er ...

Chamillon (bei Seite). Wenn sie nur nicht darauf kommt, daß ich mondsüchtig bin.

Josephine (indem sie aufräumt). Es sieht hier im Zimmer überhaupt aus ...

Chamillon (bei Seite). Sollte Josephine hier bleiben? Das würde mich langweilen.

Markitta (besieht die Wanduhr). Ist es schon elf Uhr?

Chamillon (bei Seite). Au!

Josephine. O nein, Madame, kaum neun Uhr. Wir wissen nicht wie es zusammen hängt, die Uhr geht vor, die Taschenuhr des Herrn geht nach.

Chamillon. Wie soll es zusammenhängen, ganz einfach, ich bringe Alles in Unordnung. Kann ich etwas recht machen, so lange mir das kranke Bein meiner Frau nicht aus dem Kopfe geht?

Markitta. Armer Ernst. (Bei Seite.) Sollte er so dumm sein? (Laut zu Josephine, indem sie auf die Tragbänder zeigt, die auf dem Boden liegen.) Josephine, nimm 'mal auf.

Josephine (thut es). Ach, Sie haben ja die Tragbänder zerrissen.

Chamillon. Ja, mit Absicht.

Markitta. Absichtlich?

Chamillon. Ja, sie drückten mich. (Bei Seite.) Das Mädchen langweilt mich.

Markitta (bei Seite). Er ist zu sehr Philosoph, ich muß die Dosis verdoppeln.

Chamillon (geht zu Josephine). Josephine.

Josephine. Herr Chamillon?

Chamillon. Du wirst müssen an das Frühstück denken, mein Kind.

Josephine (zu Markitta). Ja wohl. Wenn Madame meiner bedürfen...

Chamillon. Ich bleibe ja hier, und rufe Dich dann. Also ein leichtes Frühstück, etwas Erfrischendes.

Josephine (ist nach rechts gegangen).

Markitta. Ich gab schon Befehle, wenn es Dir aber nicht ansteht....

Chamillon. Mir? Was Dir recht ist, ist es mir gewiß. Josephine beeile Dich, das von Madame bestellte Frühstück herzurichten.

Josephine. Ja wohl, sogleich. (Ab durch den Hintergrund.)

Scene 6.

Chamillon. Markitta.

Markitta (bei Seite). Du willst ein tête-à-tête? Gut denn!

Chamillon (bei Seite). Endlich, endlich allein. (Er spricht voller Freude indem er sich neben Markitta setzt.) Ach, Markitta, mein Weib.

Markitta. Was wünschest Du, mein Freund?

Chamillon Vergib meine Verwirrung, meine Bewegung, dieses erste tête-à-tête — das erste, seitdem Du mein Weib bist, mir angehörst Markitta. Denn Du bist mein, mein Gut, mein Schatz, mein Leben!

Markitta. Ja, Ernst, wir gehören einander an, ich Dir, Du mir, Du konntest das vergessen, das wird bei mir nie der Fall sein.

Chamillon. Ich das vergessen? Wenn Du wüßtest, welch' entsetzliche Nächte ich durchmache; bin ich eingeschlafen, so verfolgen mich schlimme Gedanken, böse Träume. Soll ich sie Dir erzählen?

Markitta. Ja, bitte, erzähle.

Chamillon (steht auf). Bald sehe ich Dich aus dem Walde treten, gleich der Genoveva von Brabant, bald sind wir Beide in einem unterirdischen Paradies, wie Adam und Eva ... ich drückte Dich an's Herz. (Nähert sich ihr.) So drückt ich Dich. (Er breitet die Arme über ihre Schulter.)

Markitta (schreit). Ah, ah!

Chamillon (weicht zurück.) Was ist Dir?

Markitta. Es beruhigt sich schon wieder ... es ist nichts .... (Mit natürlicher Stimme.) Fahre fort, mein Freund.

Chamillon. Wo war ich doch stehen geblieben?

Markitta. Im Paradies.

Chamillon. Ja, dicht neben Dir.

Markitta. Du drücktest mich.

Chamillon. Jetzt darf ich das leider nicht mehr.

Markitta. Das ist jetzt auch unnöthig, Du thatest es ja im Traum.

Chamillon. Markitta.

Markitta. Ernst?

Chamillon. Unsere ganze Ehe ist nur ein Traum.

Markitta. O nein, mein Freund.

Chamillon. Und dessenungeachtet ...

Markitta. Nun, dessenungeachtet?

Chamillon (kniet nieder). Möchte ich Dir Deine Leiden abnehmen können; wenn ich mich in Deine Arme werfen dürfte, denn kein Schmerz ist dem zu vergleichen, den ich empfinde. Ich komme mir vor wie Tantalus, der sich unter dem fruchtbeladenen Baume befand, und doch niemals eine Frucht greifen konnte. So ist meine Lage, der Baum bist Du, Tantalus ich. Ich habe Hunger und kann nichts essen, es ist entsetzlich!

Markitta. Du leidest also, mein Freund?

Chamillon. Auf eine Art, daß dies Leiden mich unmenschlich, unempfindlich gegen Deine Schmerzen macht. Wenn ich Dich vor mir sehe, so höre ich nur auf meine Liebe, ich ... (Er drückt sie in seinen Arm.)

Markitta (schreit). Ach!

Chamillon (der aufgesprungen). Nein, nein, es ist nicht so, nein, nein.

Markitta. O welche Schmerzen! Welche Schmerzen!

Chamillon. Du hast wieder Schmerzen, durch meine Schuld. Vergieb!

Markitta. Es wird schon wieder besser (mit natürlicher Stimme). Fahre fort, mein Freund.

Chamillon. Worin soll ich fortfahren?

Marfitta. In Deiner Rede, sie war sehr amüsant.

Chamillon (bei Seite). Sie ist noch unschuldig wie ein Kind. (laut.) Marfitta, wenn Du gestattest, nehmen wir dies Gespräch erst wieder auf, sobald Du gesund.

Marfitta. Weshalb denn?

Chamillon. Es ist zu aufregend.

Marfitta. Gut, also sprechen wir über andere Sachen.

Chamillon. Ja, über Vorgänge im Norden.

Marfitta. Ist es Dir denn nicht sehr hinderlich in einem Stiefel und einem Pantoffel zu gehen?

Chamillon. O ja, es ist ziemlich unbequem, und wenn Du erlaubst, werde ich mir den andern Stiefel anziehen.

Marfitta. Gewiß gestatte ich das.

Chamillon (den zweiten Stiefel anziehend). Das ist auch nichts Aufregendes, ich will mich nur ein Wenig zurecht machen zum Frühstück. (Er zieht seinen Nachtrock aus.)

Marfitta. Du ziehst Dich aus?

Chamillon. Ich will nur Weste und Rock anziehen. (Bei Seite.) Ich glaube, das darf ein Ehemann schon riskiren, ohne ungezogen zu sein. (Indem er dies spricht, öffnet er die Thür des Kabinets, der dort an einem Faden befindliche Pantoffel kommt ihm ins Gesicht.) Ach, meinen zweiten Pantoffel auch gefunden!

Marfitta. Wie, wußtest Du nicht, wo er war?

Chamillon. O doch, es ist so meine Gewohnheit jeden Abend.

Marfitta. Einen Pantoffel dort aufzuhängen?

Chamillon. Ja wohl, das heißt, in der Regel setze ich, oder stelle sie vielmehr an das Fußende meines Bettes.

Marfitta (bei Seite). Woher kommt es nur, daß er sich über nichts wundert?

Chamillon (bei Seite, seine Cravatte aus dem Kabinet bringend.) Ich muß wirklich mondsüchtig sein.

Marfitta. Sonderbar! Es giebt Augenblicke, in denen ich gar nichts fühle, aber gar nichts.

Chamillon (macht seine Cravatte um, und geht nach rechts). Ja, aber diese Momente sind leider nur kurz . . . . Potztausend, verwünschte Cravatte . . . Ich bin so aufgeregt!

Marfitta. Soll ich Dir helfen, mein Freund?

Chamillon. Tausend Dank, ich fürchte —

Markitta. So komm' doch! Bin ich nicht Deine Frau?
Chamillon (nähert sich ihr). Ach!
Markitta. Du seufzest?
Chamillon. Ich begreife mich. (Kniet zu den Füßen seiner Frau, reicht ihr die Cravatte und hält den Hals hin.) Du begreifst mich nicht, ich mich desto besser.
Markitta (ihn anlächelnd). Du haft also Geheimnisse vor mir, Ernst?
Chamillon. Du bist zu reizend Markitta, zu schön. (Markitta reißt an der Cravatte.) Au!
Markitta (treuherzig). Was hast Du?
Chamillon. Du würgst mich ja.
Markitta. Weil Du nicht still hältst, mein Freund.
Chamillon. Ich bewege mich nur, weil Du mich würgst.
Markitta (ihm seine Cravatte zurechtmachend). Halte Dich recht still, dann binde ich eine kleine Rosette.
Chamillon. Du bist zu gütig, zu liebenswürdig. (Mit Entzücken.) Ach, Markitta, ich (er will sie ergreifen.)
Markitta (schreiend). Gott . . der Schmerz.
Chamillon (ist aufgestanden). Vergieb, ich vergaß. (Bei Seite.) Ist das eine Lage! (Er geht nach links, nimmt Weste und Rock und legt Beides in's Cabinet.)
Markitta. Wie ich leide!

Scene 7.
Die Vorigen. Josephine.

Josephine (durch den Hintergrund auftretend). Madame, das Frühstück ist fertig. Wo soll ich auftragen?
Markitta. Ich habe keinen Hunger mehr.
Chamillon. Ich eben so wenig . . und doch . . . was haben wir zum Frühstück?
Josephine. Gänseleberpastete, Trüffeln, Selerie mit spanischem Pfeffer.
Chamillon. Will man mich umbringen?
Markitta. Magst Du diese Speisen nicht, mein Freund?
Chamillon. Zuweilen, gewiß, aber jetzt zöge ich Limonade vor.
Markitta. Warum gehst Du nicht zu Papa in's Caffee.

Chamillon. Dich sollte ich verlassen? Wie kannst Du das denken!

Markitta. Im Gegentheil, es wäre mir lieb, ich bedarf der Ruhe...

Chamillon (bei Seite). Ich auch.

Markitta. Josephine bleibt ja bei mir, also geh' mein Freund und laß Dir Zeit, ich will versuchen ein Wenig zu schlummern.

Chamillon (der nach rechts gegangen). Gut, in der Zeit werde ich in's Freie gehen. (Bei Seite.) O Markitta, weshalb hast Du mit diesem Notar getanzt? (Ab durch den Hintergrund.)

Josephine (die nach links gegangen). Also wird Niemand frühstücken?

Markitta. Später Josephine, später ... Du brauchst deshalb nicht zu warten, wenn Du Hunger hast, frühstücke nur.

Josephine. Ich kann doch Madame nicht allein lassen?

Markitta. O doch, ich werde wohl schlafen: Geh' und schließe diese Thür. (Josephine geht nach rechts.) Damit ich nicht im Schlafe erschreckt werde, paß' auf, wenn der Herr kommt, und laß' es mich sofort wissen.

Josephine. Ja wohl, Madame. (Bei Seite.) Sie will allein sein, weshalb nur? (Ab durch den Hintergrund.)

Scene 8.

(Markitta allein, einen Augenblick bleibt sie ruhig sitzen, sobald aber die Thür geschlossen, löst sie schnell die Schlinge, welche ihr Bein umhüllt, und läuft im Zimmer herum).

Mein Herr Gemahl, während Du Dein Frühstück zu Dir nimmst, benutze ich hier die Zeit. Wenn er nach beendigtem Frühstück in seinem Portemonnaie nur so viel Geld findet, um Milch und Limonade zu bezahlen, halten sie ihn vielleicht fest, das wäre ein Glück für mich. Auf jeden Fall will ich meine Ränke für die folgende Nacht vorbereiten. Zuerst mißbrauchte er den Klingelzug, womit ihn nur abschneiden?... (Geht in's Toilettenzimmer, findet daselbst ein Jagdmesser.) Ein Jagdmesser! Das trifft sich prächtig, damit will ich schneiden, doch nein! (Sie wirft das Messer zurück.) Den Drath muß ich durchbrechen. Halt das Bett, den Lehnstuhl darauf, dann bin ich groß genug. (Sie nimmt den Lehnstuhl, auf dem sie gesessen, stellt ihn auf's Bett, steigt hinauf und singt. Sie steht mit dem Rücken gegen die Mauer, faßt mit beiden Händen den Drath. Der scheint ziemlich stark zu sein, ich muß tüchtig ziehen. (Sie zieht am Drath, man hört stark klingeln.) Ach nun habe ich geklingelt. Wenn Josephine mich so sähe —

Scene 9.

Markitta. Josephine.

Josephine (tritt schnell durch den Hintergrund auf). Madame haben geklingelt?
Markitta. Oh weh!
Josephine. Aber wo sind Sie denn? (Sie bemerkend.) Ah!
Markitta. Still! — Schweig doch nur.
Josephine. Sie waren es also?
Markitta. Schweig' nur. Ich werde Dich auch belohnen.
Josephine. Was soll ich thun?
Markitta. Warte nur. (Zieht am Drath.) Gleich, gleich komme ich herunter! So! (Sie bricht den Drath entzwei, dasselbe Geräusch der Klingel läßt sich hören.)

Scene 10.

Die Vorigen. Chamillon.

Chamillon (tritt bei dem Klingeln durch den Hintergrund ein). Sie läutet o mein Himmel, sie läutet!
Josephine. Du mein Gott!
Markitta. Himmel, mein Mann!
Chamillon (sieht den Armsessel nicht, auf dem seine Frau gesessen und geht nach links). Wie! Sie ist nicht mehr hier... (Sie bemerkend.) Was seh' ich?
Markitta (noch immer auf dem Stuhl, mit dem natürlichsten Ton). Du schon zurück, mein Freund?
Chamillon. Was thust Du da oben, Markitta?
Markitta. Da es mit meinem Fuß besser geht, versuche ich zu promeniren.
Chamillon (auffahrend). Dort oben? Nun erklärt sich mir Alles, ich war nicht mondsüchtig. (Zu den beiden Frauen.) Ihr Beide waret es...
Josephine. Ich schwöre Ihnen, Herr Chamillon.
Chamillon. Hinaus mit Dir.
Josephine. Aber Herr....
Chamillon. Geh', ich jage Dich fort! (Er geht auf sie los.)
Josephine. Mich fortjagen, aber....
Chamillon (wirft ihr das Fußkissen nach). Geh' oder ich (Josephine stößt einen Schrei aus, eilt durch den Hintergrund ab.)

Scene 11.

Marfitta. Chamillon.

(Während des Obengeschehenen ist Marfitta vom Stuhl gestiegen, dann vom Bett, bei demselben steht sie kalt und unbeweglich.)

Chamillon (schließt die Thür im Hintergrunde und geht auf Marfitta zu). Nun zu Dir. (Marfitta schweigt.) In dem Augenblick, als ich in's Caffee treten will, führt mich die Angst hierher zurück, und wie ich sehe, zum Glück. (Pause.) Was soll diese Komödie? Wirst Du antworten?

Marfitta. Diese Komödie, sagst Du? Du fragst mich, was diese Komödie soll?

Chamillon. Ich will erfahren.

Marfitta. Chamillon, Du hast das Herz einer Frau mit Füßen getreten, auf Kosten ihrer ersten Liebe.

Chamillon. Ich?

Marfitta. Du hast mein Leben gebrochen. Du verdunkeltest meinen sonnenklaren Himmel. Du hast Theodor getödtet.

Chamillon (vertretend). Ich?

Marfitta. Zurück, Mörder! Zurück, ich fürchte mich vor Dir!

Chamillon. Wie, deshalb? Ich sage Dir aber es ist nicht wahr.

Marfitta. Du hast Theodor nicht getödtet?

Chamillon. Ich? Gewiß nicht. Als Beweis diene, daß Theodor überhaupt nicht todt ist.

Marfitta. Nicht todt?

Chamillon (schnell). Nicht durch mich, nicht von meiner Hand getödtet. (Bei Seite.) Was soll ich nur sagen? Sie liebt ihn ... und wenn sie erfährt, daß er noch lebt, ersteht eine neue Gefahr.

Marfitta. Du leugnest noch? Du hast nicht den Muth Dein Verbrechen einzugestehen?

Chamillon. Marfitta, ich schwöre Dir ... Wer sagte nur ....

Marfitta. Die Verhandlungen sind zu Ende. Du bist verurtheilt.

Chamillon. Verurtheilt?

Marfitta. Ich habe einen Schwur gethan, Chamillon, und in meinem Vaterlande hält man seine Schwüre.

Chamillon. Das wollen wir erst sehen. Ach Du hast geschworen, Pfeffer in meine Mütze zu streuen, meine Taschentücher festzunähen.

Marfitta. Nein, dies war das Vorspiel. Das Drama folgt.

Chamillon. Das Drama?
Markitta. Um Theodor zu rächen, mußte mir Dein Leben gehören, mußte ich Dich heirathen.
Chamillon. Also deshalb?
Markitta. Nur deshalb, und nicht aus persönlichem Wohlgefallen.
Chamillon. Als Du mich heirathetest, überliefertest Du Dich mir aber ebenfalls, und ...
Markitta. Mein Dasein war vernichtet, ich brachte das Opfer nur theilweise.
Chamillon. Aber Du weißt, daß meine Natur dem Ballon zu vergleichen, daß man mich nicht nach Willkür leitet ...
Markitta. Die Ballons gehorchen den Launen des Windes, die Männer denen der Frauen.
Chamillon. Das möchte ich aus Neugier näher betrachten.
Markitta. Jetzt folgt mein Programm. (Mit Kraft.) Jeder Tag Deines Lebens soll fortan seine eigene Geschichte haben, jede Stunde ihre Leiden, jede Minute ihren Schmerzensschrei!
Chamillon (ironisch). Bitte, fahre fort!
Markitta. Ich werde Dich alle Bitterkeiten durchkosten lassen, ich will Dich durchbohren mit Stichen, Du sollst Dein Leben beschließen auf dem Rost wie der heilige Laurentius, von Zeit zu Zeit werde ich Dich umwenden.
Chamillon. Das grenzt an Wahnsinn.
Markitta. So wird Deine Zukunft sein.
Chamillon. Ich sage mich los von Dir.
Markitta. Das Weib soll dem Manne folgen, der Mann ist verpflichtet sie aufzunehmen.
Chamillon. Eine herrliche Aussicht. — Eine körperliche Trennung aber —
Markitta (einfallend). Du denkst an Trennung? Hast Du Beweise? Glaubst Du, ich hätte nicht auch diesen Fall vorausgesehen? Ich habe das Civil-Gesetz studirt, man trennt die Leute nicht ohne Beweise und ohne Zeugen zu haben und Du wirst niemals weder Zeugen noch Beweise haben. Vor den Leuten wird nie eine Frau liebevoller, zärtlicher sein, als ich. Ich werde Dich anlächeln, umarmen, wenn es sein muß — nichts wird mir zu schwer fallen.
Chamillon (bei Seite). Mir erstarrt das Blut.
Markitta. Vor aller Welt wirst Du mein Geliebter, mein

Held, mein Gott sein! Du wirst als ein glücklicher Sterblicher betrachtet werden, von Vielen beneidet, Du nennst ja eine reizende kleine Frau Dein, die Dir stets gehorsam, entgegenkommend ist und solltest Du es dann eines Tages wagen, Dich über mich zu beklagen, gar von Traurigkeit zu sprechen, wirst Du für ein großes Ungeheuer, für einen Narren gelten.

Chamillon (bei Seite). Der weibliche Atar-Gull.

Markitta (geht auf Chamillon zu, dieser begiebt sich nach links). Der Engel des Salons wird der Dämon Deiner Häuslichkeit sein; Dein Leben soll ein fortwährendes Zwicken und Quälen sein, nie wirst Du dein Haus betreten, ohne in eine Schlinge zu fallen, nie ausgehen, ohne einem unvorhergesehen Unglück zu begegnen, diese Liebe, um die Du mich batest, die ich Dir weigerte, soll einem Anderen zu Theil werden.

Chamillon. Oh!

Markitta. Ja, ich werde Dein Glück mit Füßen treten.

Chamillon. Madame!

Markitta. Dies Deine Zukunft. (Rechts ab.)

Scene 12.

Chamillon (allein, abgemattet).

Tausend Element, ist mir warm! Mein Kopf glüht, Alles geht im Kreise mit mir herum, mir ist, als sei ich in einem Käfig, ein tête à tête mit einer Löwin hat mich gebändigt, ich habe keinen Muth weiter zu kämpfen. (Er fällt in einen Stuhl in der Nähe des Tischchens.) Mag mich die Löwin verschlingen. (Er schließt die Augen und bleibt unbeweglich sitzen.)

Scene 13.

Chamillon. Montravert.

Montravert (tritt vergnügt ein durch den Hintergrund). Mein Geschäft geht vor sich.

Chamillon. Der Vater dieser Löwin. (Er sieht auf.)

Montravert. Ach Chamillon, mein Freund, ich werde das Haus mein nennen, Chavanet zögerte zwar noch wegen des Preises, aber ich kenne ihn, er ist herumzubringen, dann will ich in Ruhe leben.

Chamillon (zu ihm tretend). Ruhe? Du wiegst Dich mit falscher Hoffnung.
Montravert. Wie so?
Chamillou. Du bist ihr Mitschuldiger.
Montravert. Wessen Mitschuldiger?
Chamillon. Des aufgeregten Wesens, dessen Vater Du Dich nennst.
Montravert. Herr Chamillon.
Chamillon. Du bist ihr Mitschuldiger, gestehe es ein; dies wird mir wenigstens die Freude machen, meinen Zorn an einem Manne zu kühlen.
Montravert. Was hast Du nur? Ich begreife nicht! Sollte ein neuer Anfall von Somnambulismus?
Chamillon. Somnambulismus! Du bist noch bei diesem Thema, o bitte, die Handlung schritt seitdem vorwärts; der Vorhang ist gefallen, ich habe den Feind meiner Ruhe entdeckt. Das böse Wesen, das sich Nachts bei mir eingeschlichen, um meine Häuslichkeit zu untergraben, ist . . .
Montravert. Wer ist's?
Chamillon. Deine sanfte Tochter! Deine Tochter, die Du mir mit Geschicklichkeit als Frau zuführtest!
Montravert. Markitta!
Chamillon. Spiele nur den Erstaunten. . . .
Montravert. Und ihre Krankheit?
Chamillon (bitter lachend). War erheuchelt, ha ha, sie hielt mich für einen Narren.
Montravert. Weshalb aber dies Alles?
Chamillon. Weshalb? Um Theodor zu rächen, den ich getödtet haben soll.
Montravert. Das ist ja unmöglich!
Chamillon. Weißt Du welches Loos sie mir in Zukunft prophezeit? Das Loos des Menelaos, Signarelles, Actäons und anderer geheiligter Häupter.
Montravert. Und alles dies sagte sie Dir? In solchen Fällen schweigen doch die Frauen. . . .
Chamillon. Sie macht eine rühmliche Ausnahme.
Montravert. Alles so unnatürlich, so bizarr! (Plötzlich sich vor den Kopf schlagend.) Ach! Ich hab's!
Chamillon. Was hast Du?

Montravert. Ich hab's, bizarr, dies eine Wort läßt mich klar sehen.

Chamillon. Worüber?

Montravert. Chamillon, haſt Du den Puls Deiner Frau gefühlt?

Chamillon. Da müßte ich danken!

Montravert. Daran thateſt Du ſehr unrecht.... Dieſes aufgeregte Weſen in ihrem Betragen, dieſe bizarre Laune, Alles erklärt mir.

Chamillon. Was, um's Himmelswillen, was?

Montravert. Das iſt die gewöhnliche Kriſis. Chamillon, mein Freund, unterliege nicht der Freude über Dein Glück.... Chamillon, Du wirſt Vater werden.

Chamillon (wüthend). Vater.

Montravert. Ja, dieſe Tollheiten, dieſe moraliſche Unordnung.

Chamillon (ihn am Kragen faſſend). Und das wagſt Du mir zu ſagen?

Montravert. Warum ſollte ich denn nicht?

Chamillon. Du beſchimpfſt meine Ehre dadurch.

Montravert (ſucht ſich loszumachen). Wie?

Chamillon (ihn immer ſchüttelnd). Du mußteſt darum und Du haſt mich nicht davor gewarnt?

Montravert. Du würgſt mich ja.

Chamillon. Aber ich weiß recht wohl.... (Er ſchüttelt ihn heftiger.)

Montravert. Laß los.... Ich ſchrei' um Hülfe!

Scene 14.

Die Vorigen. Markitta.

Markitta (tritt ſchnell von rechts auf, ſie iſt in Straßen-Toilette um auszugehen). Was giebt's denn?

Chamillon (läßt Montravert los, dieſer fällt in einen Seſſel, er bleibt einen Augenblick ſtill ſtehen, zwiſchen Montravert und Markitta, betrachtet Beide abwechſelnd, dann läßt er ein erſticktes Lachen hören, geht ſchnell durch die Mitte ab, indem er eine Bewegung des Abſcheus macht).

Scene 15.

Montravert. Markitta.

Montravert (ſitzend). Ah!

Markitta (zu ihm gehend). Was iſt Dir, mein Vater? Du biſt ſo aufgeregt....

Montravert. Gewiß bin ich das.... (Er athmet heftig.)

Markitta. Was ist nur vorgefallen?

Montravert (steht auf). Vorgefallen ist ... doch nein, alle Erklärungen sind unnöthig, ich will dieses Haus verlassen....

Markitta. Ich will aber wissen, was geschehen, was sagte mein Mann, wo ging er hin?

Montravert. Das weiß ich nicht, ist mir auch sehr gleichgültig. Von jetzt ab mische ich mich nicht mehr in Eure Ehe, macht Alles allein ab. Leb' wohl. (Will fort.)

Markitta (hält ihn). Aber, mein Vater!

Montravert. Ich will fort, sage ich Dir. (Will hinaus.)

Markitta (vertritt ihm den Weg). Sage mir wenigstens ...

Montravert. Nichts sage ich, geh!

Markitta. Du kommst nicht hinaus!

Montravert. Du willst mich zurückhalten? (Zu ihr gehend.) Mich, Deinen Vater.

Markitta. Du kommst nicht fort, ehe Du mir nicht sagst...

Montravert. Alles was ich auf dem Herzen habe? Gut, Du sollst zufrieden gestellt werden; Du verwickelst mich wider Willen in Deine wilden Pläne, dafür will ich Dich auch quälen, vernimm zuerst eine Kleinigkeit, die Dir aber große Freude machen wird, Theodor lebt.

Markitta. Theodor lebt!

Montravert. Hat sich auch nie geschlagen, dieser Feigling, dieser Spitzbube, er machte sich aus dem Staube, weil er sehr bald einsah, was für eine reizende sanfte kleine Frau Du ihm sein würdest, er sagte sich: ich habe genug von dieser Mexikanerin, deshalb bat er diesen Dummkopf Chamillon, hier seinen Tod zu verkündigen und dieser that es auch.

Markitta. Mein Vater, Du lästerst!

Montravert. Ich lästere?

Markitta. Theodor sollte leben! Theodor sollte der Erfinder dieser Treulosigkeit sein, nein, nein, unmöglich!

Montravert. Unmöglich? Ich sage Dir ferner, daß er, aus Glückseligkeit darüber, daß er nicht in Deine Hände gerathen, sich tröstet in ....

Markitta. Nun, in?

Montravert. In den Armen einer kleinen Dame, Rue papillon No. 10.

Marfitta. Rue papillon No. 10. (Sie geht nach links.)

Montravert. Seine Wohnung hat er gewechselt, seinen Charakter nicht. . . .

Marfitta. Es wäre entsetzlich. (Chamillon tritt durch die Mitte ein.)

Scene 16.
Die Vorigen. Chamillon.

Chamillon (sein Portemonnaie in der Hand). Es waren 60 Francs in meinem Portemonnaie, hast Du die auch genommen?

Marfitta. Das sollst Du bei meiner Rückkehr erfahren. (Sie will fort.)

Chamillon. Wohin gehst Du?

Marfitta. Rue papillon No. 10. (Schnell ab durch die Mitte.)

Chamillon. Was? Rue papillon No. 10. Wer hat ihr nur gesagt? (Zu Montravert.) Das thatest Du . . . Rue pap . . . . aber da wohnt ja — (Man hört die Thür im Hintergrund zwei Mal verschließen.) Sie schließt uns ein und geht zu ihm . . . . zu ihm. (Nach der Thür rechts gehend.) Diese Thür vielleicht. (Man hört auch diese schließen.) Verschlossen, auch verschlossen! (Nach dem Kamin laufend.) Josephine! (An dem Klingelzug ziehend.) Keine Klingel daran, der Drath zerrissen.

Montravert. Und Chavanet, der mich zum Verkaufs=Vertrag erwartet.

Chamillon. Gefangener!

Montravert. Ja, Gefangener

Chamillon (außer sich, drohend zu Montravert). Spitzbube, Du bist an Allem Schuld! (Er wirft sich auf Montravert, dieser sucht ihm zu entschlüpfen, flüchtet hinter die Möbel, fortgesetztes Jagen und Verfolgen.)

(Der Vorhang fällt.)

Dritter Akt.

Dieselbe Dekoration. Große Unordnung. Die Meubles sind umgeworfen, eine Matratze liegt halb aus dem Bett.

Scene 1.

Montravert. Chamillon.

(Beim Aufziehen des Vorhanges sitzt Montravert auf der Matratze. Chamillon rechts auf einem umgeworfenen Armsessel. Nach kurzer Pause steht Chamillon auf und geht an's Fenster.)

Chamillon (auf die Straße blickend). Nein, nichts . . . . ich sehe Niemand kommen. Montravert, wie viel ist die Uhr?

Montravert Schon wieder? Seit unserm Streit fragst Du auch das schon zum dritten Mal.

Chamillon. Wen soll ich fragen? Meine Taschenuhr, meine Wanduhr, Alles ist hier zerstört, (bei Seite) sogar meine Frau. (Er hebt den Sessel auf.)

Montravert. Vor fünf Minuten sagte ich Dir, es ist drei Uhr, 25 Minuten, jetzt ist's halb vier.

Chamillon (mit großen Schritten auf und ab gehend). Um zwei Uhr ist sie fort. (Zu Montravert gehend.) Begreifst Du das? Anderthalb Stunden. (Er ordnet die Meubles.)

Montravert (ruhig). Es sind wenigstens drei Kilometer von hier bis zur Rue papillon — laß' ihr Zeit.

Chamillon. Du siehst, sie weiß sie sich zu nehmen. Den Vater, den Mann einzuschließen, um . . . .

Montravert. Meine Tochter ist unfähig —

Chamillon. Die ist zu Allem fähig.

Montravert. Ich will Dich nicht aufbringen, sonst fängt der Streit von vorn an. (Er steht auf und legt die Matratze in's Bett.)

Chamillon. Du hast prächtige Einfälle.

Montravert. Konnte ich denken, daß in Eurer Ehe? Was ich sagte, sollte zu Deiner Beruhigung sein.

Chamillon. Ja, und um meine Frau zu beruhigen, sagtest Du ihr, daß Theodor noch lebe!

Montravert. Gewiß, meine Absicht war gut, denn meine Schuld ist es nicht, wenn —

Chamillon. Wie spät ist es?

Montravert (zieht seine Uhr). Drei Uhr 32 Minuten.

Chamillon. Anderthalb Stunden und zwei Minuten. (Man hört Schritte nahen.) Still! Hörst Du nichts?

Montravert. Sollte sie es sein? (Geräusch am Schloß.)

Chamillon. Ja, sie ist es!

Montravert. Ruhe, Chamillon . . . Ruhe!

Chamillon (ergreift einen Armsessel, setzt sich, nimmt vom Kamin eine Zeitung). Ah, sie ist es! (Er legt die Füße auf einen Stuhl.)

Montravert (bei Seite). Nun werden sie sich gut herumzanken; wenn ich nur fort könnte.

Scene 2.
Die Vorigen. Markitta.

(Die Thür im Hintergrund wird schnell aufgerissen. Markitta sehr aufgeregt, tritt ein, sieht ihren Vater, ihren Mann an, dann legt sie Hut und Shawl auf das Bett, kommt vor, sieht wieder abwechselnd Beide an, und sagt zu Montravert):

Markitta. Mein Vater, laß' uns allein. (Ohne ein Wort zu sagen, eilt Montravert durch die Mitte ab.)

Scene 3.
Chamillon. Markitta.

Markitta (bleibt einen Augenblick, ohne zu sprechen, betrachtet ihren Mann, der sie nicht ansieht, dann macht sie ein Zeichen der Ungeduld und sagt plötzlich). Ich habe Theodor gesehen. (Chamillon schweigt.) Er war nicht allein, sondern mit einer höchst auffallend frisirten Dame zusammen, sie wollten eben zu Tisch gehen, aber ich nahm das Tischtuch ab und zerschlug Alles auf dem Tisch. (Chamillon bewegt sich, sitzt jedoch gleich wieder still, scheinbar ruhig.) Sie standen Beide auf, wollten auf mich zukommen, ich blieb ruhig, unbeweglich, schlug meine Arme untereinander, indem ich

sie betrachtete, ungefähr so . . . . dann entfernte ich mich ganz lang=
sam, ohne ein Wort zu sprechen ging ich davon. (Pause; Markitta geht
mit großen Schritten auf und ab.) Ueber die Männer! (Kommt zu Chamillon zu=
rück.) Weshalb zeigtest Du mir seinen Tod an? (Pause.) Ich weiß,
mein Vater sagte es mir, daß der Elende es gewünscht, ist's nicht
so? Der boshafte Theodor lachte über meine Liebe, er spielte mit
meinem Schmerz, es ist unerhört. (Sie nimmt den Stuhl, auf welchem Cha=
millon's Füße liegen, setzt sich darauf neben ihn.) Auf welche Art wollen wir
ihn tödten?
Chamillon (aufspringend). Was?
Markitta (ihn niederdrückend). Du hattest Unrecht, ich ebenfalls.
Ich glaubte Dich seinen Mörder. Doch denken wir nicht mehr an
die Vergangenheit, sondern verbinden wir uns zur Rache. „Auf
welche Art ihn tödten?" (Sie steht auf.)
Chamillon (ebenfalls). Markitta! Was hast Du für Gedanken!
Markitta. Wären wir in meinem Vaterlande, würde ich Dich
nicht um Rath fragen, aber hier, wo der Mann das Gesetz gegeben,
hat er sich auch das Recht vorbehalten, die Rache zu üben, und die
Ehre einer Frau ist nichts, wenn sie nicht die Ehre des Mannes in
sich schließt. Nun wohl, Du hast mich geheirathet, meine Ehre ist
die Deinige. Ein Fant, ein Unverschämter hat sich über Deine Frau
lustig gemacht, verhüte, daß er nicht dasselbe über Dich thue.
Tödte ihn!
Chamillon (bei Seite). Mir wird ordentlich warm dabei.
Markitta. Als Sclave falscher Vorurtheile fürchtest Du
vielleicht, daß, indem Du ihm an's Leben gehst, das Deine der Ge=
fahr auszusetzen? In dem Fall, daß Theodor Dich tödtet, sei ver=
sichert, werde ich es nicht überleben, eben so wenig, als er . . . erst
tödte ich ihn, dann mich. Wir werden uns Alle drei wiederfinden
(ihm auf die Schulter klopfend und nach Oben zeigend). Dort oben!
Chamillon. Es ist klar, Du bist nicht gescheut!
Markitta. Was?
Chamillon. Du willst, ich soll mich mit Theodor schlagen,
weil er Dich nicht heirathen wollte? Ach, wenn ich ihn dazu be=
wegen könnte!
Markitta. Chamillon.
Chamillon. Was Du mir da vorschlägst, das verlangte Her=
mione vom Orest in einer Racine'schen Comödie. Und weißt Du,
was diese thörichte Hermione gethan, als dieser Dummkopf Orest

den Pyrrhus getödtet? Sie bedauerte Pyrrhus, sagte sich los vom Orest. Das ist die Dankbarkeit der Frauen.

Markitta. Also Du schlägst es mir ab?

Chamillon. Mit Vergnügen!

Markitta. Gut denn! Ich forderte den Kopf Theodors nur von Dir, um den Deinigen zu retten, Du verweigerst ihn mir, also sprechen wir nicht mehr davon.

Chamillon. Was nun?

Markitta. Theodor hat die unauflöslichen Bande zerrissen, aber er liebte mich, davon bin ich überzeugt, ich liebe ihn noch immer.

Chamillon (streckt die Arme in die Luft). Ah!

Markitta. Und da Du durchaus kein Unrecht in seinem bisherigen Leben findest, wirst Du es begreiflich finden, daß . . . .

Chamillon (ihre Arme ergreifend). Weib!

Markitta. Laß' mich!

Chamillon. Du liebst Theodor noch immer?

Markitta. Du thust mir weh.

Chamillon. Fühle ich nicht; eben so wenig ist mir bekannt, daß noch eine Frau in Mexiko, selbst eine Einheimische, Dir gleicht.

Markitta. Du thust mir aber weh!

Chamillon. Fühle ich nicht. In Frankreich aber, wo das Gesetz herrscht, haben wir die Kraft für uns.

Markitta. Das ist eine Feigheit.

Chamillon. Doch soll Jemand durch mich sterben, so wäre es nicht Theodor.

Markitta. Au! (Sie fällt auf die Kniee).

Chamillon. Sieh' mich an Weib! (Sie will ihm in die Hand beißen.) Beiße nicht; wenn Du glaubtest ein Lamm zu heirathen, so komme zurück von dieser irrigen Meinung. Der genannte Chamillon, geboren zu Paris, rue des vinaigriers No. 13, ist wüthender als alle Leoparden Mexikos. Beiße nicht

Markitta. Au!

Chamillon. Für heute magst Du leben bleiben, aber sei klug, sehr klug, oder ich schwöre Dir, es geht nicht gut. (Er läßt sie los.)

Markitta (bleibt einen Augenblick, ohne sich zu bewegen und wie gedemüthigt über ihre Ohnmacht, dann wirft sie plötzlich die Augen um sich wie eine Tigerin, springt auf und schreit.) Ach, das Jagdmesser. (Sie läuft in's Toilettenzimmer.)

Chamillon. Oho! (Er schleicht sich hinter ihr, und sobald sie eingetreten, (schließt er die Thür zu.) Unter Schloß und Riegel! Meine Rache von heute Morgen.

Markitta (von außen). Mein Herr! Chamillon, öffne.

Chamillon (seinen Hut nehmend). Jetzt denke hübsch nach. In drei Tagen komme ich zurück. (Ab durch die Mitte.)

Markitta (von außen, schlägt an die Thür des Kabinets). Das ist grausam! Unerhört! Chamillon! Chamillon! Oeffne doch, ich bitte! (Wüthend.) Oeffne, wirst Du öffnen.

Scene 4.

Markitta (eingeschlossen). **Montravert.**

Montravert (durch den Hintergrund auftretend). Da bin ich. Während meiner Gefangenschaft hier, hat Chavanet sein Haus in Chatou verkauft, nun muß ich mir ein anderes suchen. (Markitta schlägt an die Thür des Kabinets. Montravert, der sich in der Nähe desselben befindet, weicht vor Schreck zurück.) Was giebts?

Markitta. Wirst Du nicht aufmachen?

Montravert (für sich). Meine Tochter eingeschlossen! (Laut). Was machst Du da?

Markitta. Oeffne, mein Vater, öffne!

Montravert. Aber wie kommt es nur? (Er geht hin um zu öffnen.)

Markitta. Mein Mann war es, aber öffne, dann erzähle ich Dir Alles.

Montravert (entfernt sich vom Kabinet). Dein Mann! Alle Teufel!

Markitta. So laß mich doch heraus.

Montravert. Meine Tochter, zwischen Mann und Frau darf der Schwiegervater sich nicht drängen.

Markitta. Was? Du thust es nicht?

Montravert. Ich handle politisch. Ich mische mich nicht hinein.

Markitta. Ich ersticke.

Montravert. In dem Zimmer unmöglich; suche das Schloß zu erbrechen. (Ab durch den Hintergrund.)

Markitta (klopft fortwährend). Vater! Vater! Wie, auch Du fort? (Wiederholt klopfend). Hülfe! Zu Hülfe! (Josephine tritt von rechts auf, sie trägt Teller, Gedecke, kleine Brödchen und Servietten.)

Scene 5.

Markitta (innen). **Josephine.**

Josephine. War das nicht Madames Stimme im Kabinet? (Sie legt Alles, was sie trug, auf den Kamin.) Sind Sie es, Madame?

Markitta. Josephine öffne, öffne schnell.

Josephine. Sogleich. (Indem sie öffnet.) Wie kam es nur?

Markitta (tritt aus dem Kabinet und giebt ihr eine Ohrfeige). So.

Josephine. Au!

Markitta (mit großen Schritten auf und ab). Die Wuth! Die Wuth!

Josephine. Wenn ich gewußt hätte!

Markitta (zu Josephine). Vergieb, es war der Zorn, die Wuth. (Ihr Geld gebend.) Hier, nimm das als Schmerzensgeld.

Josephine. Danke, Madame. (Bei Seite.) Sie ist doch gut. (Sie legt zwei Couverts auf den kleinen Tisch.)

Markitta (setzt sich rechts in einen Stuhl). Aber Alles, was sich zugetragen ist unerhört, unglaublich! Vorhin, war das derselbe Mann, den ich zu übersehen glaubte, er voller Kraft und Energie, der mich festhielt, fast zerdrückte. Und doch war er schön in seinem Zorn. (Dreht sich zu Josephine, die das Couvert auflegt.) Was thust Du da?

Josephine. Ich decke den Tisch.

Markitta (steht auf). Wie, hier?

Josephine. Heute Morgen sagten Sie mir doch selber.

Markitta. Ja, ja, heute Morgen, da belustigten mich solche Scherze noch), aber jetzt . . . (Man hört klingeln.) Es hat geklingelt.

Josephine. Ich werde nachsehen. (Ab durch den Hintergrund.)

Markitta (allein). Das kann weder mein Vater, noch Chamillon sein, sie würden nicht so läuten, wenn es gar Theodor . . . . mein Anblick führte ihn vielleicht zum Bewußtsein zurück, rief seine Liebe auf's Neue hervor. Ach, wenn er es wäre!

Josephine (tritt durch den Hintergrund auf: sie trägt Gläser, eine Flasche und ein Papier). Madame, das Papier brachte ein Herr im Auftrage des Herrn Theodor.

Markitta (nimmt schnell das Papier). Gieb, o gieb! (Sie geht nach rechts, während Josephine Gläser und Wein auf den Tisch stellt — bei Seite). Ich täuschte mich nicht, er liebt mich — ich triumphire dennoch.

Josephine (bei Seite). Was hat sie nur?

Markitta (lesend). Im Jahre 1865 auf das Gesuch — (spricht.) Was? Ein Stempelbogen! (Weiter lesend.) Auf das Gesuch des Herrn

Theodor fordere ich als Gerichtsdiener von Frau Markitta Chamillon die Summe von 357 Francs für zerbrochenes Geschirr, Vasen, Leuchter ꝛc. ꝛc. . . . . Ah, (Sie fällt rechts in einen Sessel und schweigt.)

Josephine (die weiter gedeckt, läuft zu ihr). Mein Gott, Madame, was ist Ihnen?

Scene 6.
Die Vorigen. Montravert.

Montravert (tritt durch den Hintergrund vorsichtig auf, und bemerkt nur Josephine, die vor Markitta steht). Josephine, ist Madame noch immer in dem Zimmer?

Markitta (springt auf und geht zu ihrem Vater). Mein Vater!

Montravert (weicht vor ihr zurück). Ah!

Markitta (ihn haltend). Bleibe nur, Vater!

Montravert. Ich komme wieder.

Markitta. Bleibe doch hier. Josephine, Du kannst gehen.

Josephine. Ja wohl. (Ab durch die Mitte.)

Montravert. Ich will Dir sagen, ich habe jetzt eine dritte Villa entdeckt in der Vorstadt d'Avray und — —

Markitta. Mein Vater, ich kehre zurück nach Mexiko.

Montravert. Mit Deinem Manne?

Markitta. Ich habe keinen Mann mehr!

Montravert. Wie! Wo ist Chamillon?

Markitta. Ich fliehe Frankreich, den Gesetzen, den Sitten (ironisch) der Gerechtigkeit und der Justiz.

Montravert. Aber unglückliches Kind, Alles das findest Du in Mexiko eben so.

Markitta. In Mexiko?

Montravert. Frankreich ist auf dem besten Wege dort Alles genau so zu ordnen.

Markitta. So gehe ich nach China.

Montravert. Auch dort findest Du Frankreich wieder.

Markitta. So gehe ich nach Japan.

Montravert. Dieselbe Geschichte.

Markitta. Ich gehe auf eine wüste Insel. (Sie geht nach links.)

Montravert. Ja, wenn Du eine entdeckst, die wüsten Inseln sind heut zu Tage sehr knapp.

Markitta. Du begleitest mich, mein Vater.

Montravert. Ich?

Markitta. Du mußt.

Montravert. Niemals. Fordere Alles, was Du willst, nur nicht, mit Dir allein zu leben. Niemals.

Markitta. Gut, so werde ich allein reisen. (Sie geht wieder nach rechts.)

Montravert. Meine Tochter.

Markitta (heftig). Ich habe keinen Vater mehr, keinen Gatten, keine Familie! Ich reise, lebe wohl. (Ab nach rechts.)

Montravert (allein, sieht sie hinausgehen, dann sagte er sehr ruhig). Man sprach mir von einem reizenden kleinen Haus in Ville d'Avray, und wenn es nicht zu feucht ist, und hübsch gelegen, so ... der Notar beschied mich um fünf Uhr zu sich, und —

Scene 7.
Montravert. Chamillon.

Chamillon (tritt durch die Mitte auf, ohne Montravert zu sehen, betrachtet die Thür des Kabinets, die offen geblieben). Befreit! Ich glaube, so ist's auch am besten. (Sieht Montravert.) Du bist hier?

Montravert. Auf dem Sprunge abzureisen.

Chamillon. Gerade wie ich.

Montravert. So! Wo willst Du denn hin?

Chamillon. Das weiß ich noch nicht, aber ich gehe sehr weit fort. (Er geht nach links.)

Montravert. Sehr weit?

Chamillon. Wenn Du Deine Tochter siehst, sage ihr, ich sei todt.

Montravert (ruhig). Gut.

Chamillon. Sage ihr, Theodor hätte mich getödtet, das wird ihr Freude machen.

Montravert (wie oben). Gut, gut!

Chamillon. Wo ist mein Koffer? (Er tritt in's Kabinet.)

Montravert (sieht ihn hinausgehen, fährt in seiner Rede fort). Es muß in der Umgegend von Sevres sein, dann besehe ich gleich dort die Porzellan-Manufaktur. (Indem er sich zum Abgange wendet.) Ville d'Avray, schönes Schloß, gebaut unter Ludwig XVI., berühmter Wasserfall, ganz nahe bei St. Cloud, historische Erinnerungen. (Ab durch die Mitte. Die Bühne ist leer.)

Verheirathet aus Rache.

Scene 8.
Chamillon. Markitta.

Markitta (von rechts, eine Reisetasche tragend). Mein Hut und mein Shawl müssen noch hier sein. (Sie legt die Tasche auf den Tisch.)

Chamillon (tritt aus dem Kabinet, einen kleinen Koffer tragend). Wo habe ich nur die Zeitung hingelegt; ich möchte sehen wann der Zug abgeht.

Markitta (findet Hut und Shawl auf dem Bett). Hier ist Beides! (setzt sich den Hut auf).

Chamillon (findet die Zeitung auf der Erde). Gefunden!

Markitta (stillstehend). Mein Herr.

Chamillon (überrascht). Madame.

Markitta. Sie verreisen?

Chamillon. Ja wohl, Madame.

Markitta. Wir haben den nämlichen Vorsatz.

Chamillon. So? Sie reisen auch?

Markitta. Ja wohl mein Herr, unsere Gedanken begegnen sich.

Chamillon. Wir wollen es den Gedanken aber nicht gleich thun. Wohin gehen Sie?

Markitta. Nicht da, wohin Sie reisen.

Chamillon. Unser Programm stimmt überein. (Er setzt sich an den kleinen Tisch, nimmt seinen Koffer vor und versucht zu schließen, nachdem er einige beliebige Gegenstände vom Kamin noch hineingelegt.)

Markitta. Ich werde nach dem Süden gehen.

Chamillan. Sehr wohl! Ich ziehe den Norden vor.

Markitta. Vortrefflich!

Chamillon. Warten Sie. (Sieht nach dem Fahrplan.) Sie schlagen die große Linie ein?

Markitta. Ja, mein Herr, den direkten Zug.

Chamillon. Marseille . . . . Eisenbahn nach Lion . . . hier . . . potztausend, Sie können nicht vor 8 Uhr reisen.

Markitta. So spät?

Chamillon. Nun will ich nach meinem Zuge sehen. Nord . . . Nord! Acht Uhr 40 Minuten. Teufel, so spät!

Markitta. Was anfangen bis dahin?.

Chamillon (steht auf). Ich habe eine Idee, mein Magen flößt sie mir ein, ich bin noch nüchtern und werde in der Zeit diniren.

Markitta. Auf dem Bahnhof, ein guter Gedanke, das werde ich auch thun. (Sie nimmt ihre Reisetasche in die Hand.)

Chamillou. Wohl zu speisen, Madam.

Markitta. Gleichfalls mein Herr! (Sie gehen und bei der Thür angekommen, bleiben sie stehen, machen sich gegenseitig Höflichkeitsbezeugungen um hinaus zugehen.) Mein Herr.

Chamillou. Nach Ihnen, Madame. (Die Thür im Hintergrund öffnet sich, Josephine erscheint auf der Schwelle, eine Suppenterrine tragend).

Scene 9.
Die Vorigen. Josephine.

Josephine. Hier ist die Suppe. (Sie geht bei Chamillou vorüber, und setzt die Terrine auf den Tisch.)

Chamillou. Suppe! Tausend, die duftet prächtig.

Josephine. Gewiß! Ich hoffe, sie schmeckt auch vorzüglich. (Ab durch den Hintergrund.)

Markitta (bei Seite). Eine Frau so allein im Restaurant.

Chamillou (nähert sich dem Tische). Welcher Duft!

Markitta (bei Seite). Es ist wohl schicklicher, wenn ich hier erst esse. (Sie setzt ihre Tasche hin, legt Hut und Shawl ab.)

Chamillou. Wenn ich etwas Bouillon zu mir nähme —

Markitta (geht an den Tisch, findet Chamillou daselbst im Begriff, die Terrine zu öffnen). Wie, sollten Sie?

Chamillou. Verzeihung, wollten Sie?

Markitta. Ja, ich überlegte, daß es unschicklich für mich wäre so allein im Restaurant.

Chamillou (nimmt seinen Koffer und geht nach rechts). Das ist auch wahr! Ich überlasse Ihnen die Suppe.

Markitta. Mein Herr.

Chamillou. Glückliche Reise, Madame. (Ab durch den Hintergrund.)

Markitta. Gleichfalls, mein Herr.

Scene 10.
Markitta (allein).

(Sie scheint sehr erregt und wartet, ob Chamillou nicht zurückkommt). Ein Sturm muß im Anzuge sein, denn meine Nerven sind sehr aufgeregt. (Sie setzt sich links an den Tisch, nimmt mit Heftigkeit Suppe, dann ist sie stillschweigend. Pause.) Diese Suppe schmeckt abscheulich, ich habe auch keinen Hunger.

(Sie wirft den Löffel fort.) Was will ich eigentlich im Süden thun? In der Hitze, wozu überhaupt reisen, den Süden kenne ich doch auch schon. Wenn ich lieber den Weg nach Norden einschlüge? (Steht auf, schilt über sich selbst.) Pfui, Markitta, nein, das ist unerhört! Gewiß hatte ich unrecht, denn er liebte mich, und ich! Nur mein Vater ist Schuld an Allem. Weshalb sagte er zu Chamillon: „Sie thaten wohl daran, Theodor zu tödten!" Ja, jetzt sehe ich ein, er hätte auch wohl daran gethan; mein größtes Vergehen, daß ich ihn deswegen habe strafen wollen . . . Schickt mir einen Stempelbogen, dieser Elende.

Chamillon (außen). Du weißt, auf dem nächsten Platze, beeile Dich.
Markitta (setzt sich wieder). Seine Stimme! Er kommt zurück.

Scene 11.
Markitta. Chamillon.

Chamillon (tritt durch die Mitte auf). Verzeihung Madame, wenn ich nochmals störe, aber es regnet in Strömen, deshalb möchte ich hier den Wagen erwarten, ich schickte so eben darnach.
Markitta. Warten Sie ruhig hier. Und da Sie noch nüchtern sind, so . . . die Suppe ist vorzüglich!
Chamillon. So?
Markitta. Und wenn Sie nicht fürchten, daß sie vergiftet ist, . . .
Chamillon (schüttelt zu diesem Ausspruch den Kopf). Keineswegs. (Kommt vor, behelter.) Da Sie davon essen.
Markitta (ihn bedienend). Setzen Sie sich doch.
Chamillon. Sehr gern, das heißt, nein! Ich habe viele Comödien gesehen, in denen entzweite Eheleute die Unklugheit begingen, zusammen zu speisen, und beim Dessert hatten sie richtig das Unglück sich zu versöhnen, ich möchte Sie nicht glauben machen . . .
Markitta. Nach Belieben! Sie wollen also nicht?
Chamillon. Das sagte ich nicht, ich möchte nur um die Erlaubniß bitten, meine Suppe in einiger Entfernung genießen zu dürfen, zum Beispiel dort auf dem Tische. (Er trägt sein Couvert auf den Tisch rechts, bei Seite.) Es ist mir lieber.
Markitta. Wie Ihnen gefällig. Unten auf der Straße würden Sie noch sicherer sein.
Chamillon (setzt sich). Nein, dort würde der Wind den Regen in meinen Teller peitschen. (Er ißt.)

Markitta (ist ebenfalls, nach einer Pause). Sehr trauriges Reisewetter.
Chamillon. Nicht doch, in der ersten Klasse, gewärmte Fußböden. Aber weshalb reisen Sie denn?
Markitta. Weil ich nicht mehr in Paris bleiben will.
Chamillon. Da ich fortgehe, können Sie getrost bleiben.
Markitta. Allein?
Chamillon. Nein, mit Ihrem Vater, mit dem verstorbenen Theodor.
Markitta. Sie finden wohl Gefallen daran, mich zu beleidigen?
Chamillon. Sagten Sie mir nicht vorhin, daß Sie ihn noch liebten?
Markitta. Das glaubten Sie doch nicht! Sie kennen mich genug, um zu wissen, daß ich keine Frau bin, die ihren Beleidiger noch lieben kann. Wünschen Sie ein Glas Wein? (Sie gießt ein.)
Chamillon (steht auf). Mit Vergnügen. (Er nimmt sein Glas vom Tisch und trinkt.)

Scene 12.
Die Vorigen. Josephine.

Josephine (tritt durch den Hintergrund mit einer Schüssel auf). Ich ließ Sie wohl schon warten, Madame, aber der Herr schickte mich nach einem Wagen. (Zu Chamillon.) Jetzt ist er unten.
Chamillon (setzt sein Glas hin). Sehr wohl. (Grüßend.) Madame!
Markitta (halblaut zu ihm). Nicht vor dem Mädchen. (Laut.) Geh' hinaus, Josephine.
Josephine (setzt die Schüssel auf den Tisch). Sogleich. (Ab durch den Hintergrund, sie nimmt Terrine und Suppenteller mit hinaus.)
Chamillon. Nun gestatten Sie. (Er macht Miene hinauszugehen.)
Markitta. Bleiben Sie noch einen Augenblick, ich bitte. Fürchten Sie keine Versöhnungsscene. (Sie tranchirt.) Aber da wir uns wohl nie wieder sehen werden, so ist eine letzte Erklärung nöthig.
Chamillon. Zu welchem Zweck?
Markitta. Sie haben ja auch noch vollkommen Zeit, ob Sie nun hier oder auf dem Bahnhofe speisen. (Bedient ihn.) Wäre Ihnen dieser Rebhuhnflügel gefällig?
Chamillon. Es ist wahr, die Erregungen haben mich hungrig gemacht; aber dagegen ist ein kleines Brödchen besser, als jede Erklärung. Ich beschwöre Sie deshalb. (Er nimmt seinen Teller und ein kleines Brod, setzt sich wieder an seinen Tisch und ißt.)

Verheirathet aus Rache.

Markitta (nach einer Pause). Ja, ich war heftig, aufbrausend, aber Sie, mein Herr, haben Sie sich gar keinen Vorwurf zu machen?

Chamillon. O doch, ich hatte das große Unrecht, das sehr zu verdammen ist, nämlich mich Ihnen so vorzustellen, wie ich gethan; ich bereue und gestehe meinen Fehler ein. Stände ich vor dem Tribunal und der Präsident fragte mich, „Chamillon, sind Sie schuldig?" Ich würde antworten: „Ja, Herr Präsident."

Markitta. Sie ließen sich zu einer lächerlichen, schmachvollen, abscheulichen Mystifikation gebrauchen, nur um das Vergnügen zu haben, eine Frau zu verwunden.

Chamillon. Nicht doch, Madame.

Markitta. Weshalb sonst?

Chamillon. Weil Theodor mir von Ihnen unendlich viel erzählt, mir ein höchst eigenthümliches Bild entworfen, das erregte meine Neugier, und so kam es, daß —

Markitta. So! (Nach einer Pause.) Noch ein Glas? (Sie gießt ein.)

Chamillon (steht auf). Mit Vergnügen. (Er geht an den Tisch.) Dank, verehrte Frau. (Er trinkt, setzt sich wieder an seinen Tisch, das Glas mitnehmend.)

Markitta (nachdem sie getrunken). In welche Lage haben Sie mich gebracht. Ich hielt Sie für den Mörder Theodors, und in diesem Glauben war es meine Pflicht, so zu handeln.

Chamillon. Nein, Sie mußten den Commissair holen lassen.

Markitta. Was weiß ich von Ihren Commissairen.

Chamillon. Statt dessen sagten Sie sich: das ist ein Verbrecher, den will ich heirathen, denn, lasse ich ihn ins Gefängniß stecken, hätte er vielleicht den Vortheil, sich herauszureden. Aber in der Ehe ist's wie in Cayenne, da kommt er nicht wieder los.

Markitta (steht auf und geht in die Mitte). So schlimm ist's nun wohl nicht. Sie sind frei, da Sie reisen.

Chamillon. So? Bin ich frei, irgend einer andern Frau meinen Namen zu geben? Ich habe die Freiheit zu lügen, zu täuschen, das ist aber auch Alles. Gewiß, ich werde Sie vergessen, doch bedarf es dazu längerer Zeit. Ich will mich nicht stärker zeigen, als ich bin. Heute Morgen noch liebte ich Sie unaussprechlich, gerade Ihrer Schwächen wegen, Sie gefielen mir deshalb noch mehr. Sie weinten vor Wuth, und ich, mögen Sie es erfahren, als ich Sie verließ, ich weinte wie ein Thor aus Schmerz, aus Liebe! (Steht auf.) Das war unklug von mir. (Nach links gehend.) Gott sei Dank, daß Alles vorüber!

Markitta (läuft ohne ihm zu antworten an's Fenster, öffnet es und wirft Geld hinaus). Kutscher, hier sind 10 Francs, Sie können wieder abfahren.
Chamillon. Wie, abfahren? Es ist ja mein Kutscher.
Markitta. Ernst, bleibe hier, ich liebe Dich!
Chamillon. Höre ich recht?
Markitta (kommt zu ihm). Du wirst nicht reisen!
Chamillon. Ich sollte nicht...
Markitta. Jetzt bitte ich um Verzeihung, hier auf den Knieen. (Sie kniet nieder.)
Chamillon (eben so). Du auf den Knieen.
Markitta. Ich gestehe mein Unrecht ein. Vergieb mir.
Chamillon. Und wenn ich Dir vergebe, so — doch Deine Krankheit.
Markitta. Ist verschwunden.
Chamillon. Mein Weib.
Markitta. Mein Gatte. (Sie umarmen sich, ohne aufzustehen.)

Scene 13.

Chamillon. Markitta. Montravert. Zuletzt **Josephine.**

Montravert (tritt durch die Mitte ein, weicht aber zurück). Himmel! Sie morden sich.
Chamillon (steht auf). Nicht doch, nicht doch, im Gegentheil.
Markitta (eben so). Mein Vater, ich liebe meinen Mann!
Montravert. Ach was!
Chamillon. Unter uns gesagt, ich glaube sie hat die Mexikanerin nach Hause geschickt.
Montravert. Desto besser, meine Kinder. Ich kam, Euch mitzutheilen, daß ich mich bestimmt entschieden habe nach Ville d'Avray zu ziehen.
Josephine (durch die Mitte). Herr Chamillon, Ihr Kutscher ist fortgefahren. Soll ich einen andern Wagen holen?
Chamillon. Ja, für meinen lieben Schwiegerpapa.
Montravert. Besten Dank. Also sollen wir noch Alle glücklich werden.
Markitta. So hoffe ich, mein Vater.
Chamillon. (Faßt seine Frau unter den Arm.) Und weil dem so ist, soll ganz Mexiko heute Abend erleuchtet werden!

Ende.

Leih-Bibliotheken die Majorität für sich hat und der Inhalt der Bände wird gewiß eine viel begehrte Lectüre darbieten.

Bei größeren und für die Aufführung schwierigeren Stücken werden wir eine genaue Angabe der mise en scène und der Costüme liefern, wie wir es z. B. bei unserer Uebertragung von Scribe's „Erzählungen der Königin von Navarra" gethan haben. Von allen Uebersetzungen, welche in Deutschland von diesem Stücke erschienen, ist die im Bühnen-Repertoir veröffentlichte die einzige, welcher ein solcher Anhang der Pariser Original-Inscenesetzung beigefügt worden. In dieser Weise werden wir bei Stücken, die eine genaue scenische Vorschrift wünschenswerth erscheinen lassen, fortfahren.

So sei denn „Voth's Bühnen-Repertoir", welches sich seit einer Reihe von Jahren der Gunst der Theaterwelt erfreut und in seinem consequenten Fortgange schon so manchen ihm nachahmenden Concurrenten überlebt hat, auch in dieser seiner veränderten und, wie wir glauben, verbesserten Form seinen alten Freunden, deren Zahl noch mehr zu vergrößern unser reges Streben sein wird, bestens empfohlen.

Die Redaction.

Im Verlage von A. W. Hayn's Erben in Berlin sind erschienen:

Der reisende Student.
Musikalisches Quodlibet in 2 Aufzügen von L. Schneider.

Zweite Auflage. Geheftet. Preis 15 Sgr.

Der Kapellmeister von Venedig.
Musikalisches Quodlibet in 1 Aufzug von L. Schneider.

Zweite Auflage. Geheftet. Preis 15 Sgr.

Fröhlich!
Musikalisches Quodlibet in 2 Aufzügen von L. Schneider.

Zweite Auflage. Geheftet. Preis 15 Sgr.

Wohlgemuth.
Musikalischer Scherz in 1 Aufzug von L. Schneider.

Zweite Auflage. Geheftet. Preis 15 Sgr.